三國疑雲

卷 13

故布疑陣

水的龍翔 著

目錄

第一章

大難臨頭

「你是說，羌人想先和我們聯手抗敵，待驅逐華夏軍後，再卸磨殺驢？不行，得趕緊通知夏侯將軍，將迷當那廝殺了。」程昱道。

「不，以夏侯將軍的脾氣，要真是把迷當殺了，那我軍就真的大難臨頭了。」徐庶道。

一連放了七次箭矢，安尼塔．派特里奇所率領的士兵把從徐晃處拿來的七萬支透甲錐全部放完了。

安尼塔．派特里奇轉過身子，下令道：「全軍集合！」

一萬名士兵整齊地集合在一起，向左邊靠攏，然後邁步向前，每走一步，便發出轟隆的聲音。

這一萬步兵戴著極具羅馬特色的頭盔，身上披著鎧甲，手中拿著圓形盾牌，右手緊握一支長達三丈的長槍，百人一排，前後間隔約莫一丈，步履整齊地向前行進，像是一支已經凱旋大勝的軍隊。

與此同時，早有人跑去城門邊用炸藥炸開城門，轟隆一聲巨響，城門被炸開了，大家看到城門到甕城的那段距離內，地上死屍一片，透甲錐沒入地面，死死地釘在屍首上。

轟！轟！轟！

安尼塔．派特里奇指揮著士兵進城，東夷兵先行入城，很快便占據了城門附近的城牆，看到從城門到甕城左右兩邊的城牆上也是死屍一片，許多弓手盡皆喪命，大家不得不佩服這個黃頭髮羅馬人的先見之明。

大軍入城，沒有遇到絲毫的抵抗，因為在安尼塔．派特里奇指揮士兵用箭矢進行打擊的時候，許多人都被這從天而降的箭矢驚嚇不已。

按照原本計畫，他們埋伏在這裡，將華夏軍引入城內再予以亂箭射殺，可是沒想到華夏軍的箭矢竟然先射向了他們，用的還是他們最為熟知的透甲錐，不得已之下，守將只好退入甕城。

進入甕城後，安尼塔・派特里奇騎著一匹駿馬，看到甕城城門緊閉，便大聲喝道：「炸開城門！第一軍團準備！」

負責專門炸開城門的士兵前去引爆炸藥，進入城內的第一軍團則將盾牌全部豎起，弓著腰，長槍架在盾牌上，擺出一副攻擊的姿態。

「轟！」一聲巨響，城門被炸得粉碎，就在這煙霧繚繞，木屑亂飛，城內驚魂的時刻，第一軍團的步兵一瞬間便衝了上去，速度快得驚人，長槍如林，以突刺的方式踏著渾厚的步伐，發出了極有節奏的悶響。

當城門內塵埃落定之時，魏軍的弓箭手還未來得及放出一箭，第一軍團的長槍兵便衝了進來。如林的長槍直接刺進他們的體內，鋒利無比的槍頭接二連三的將魏軍士兵刺得如同冰糖葫蘆串。

這邊剛一完事，華夏軍的士兵長槍離手，迅速抽出腰中的鋼刀，舉著盾牌便一分為二，向左右兩翼殺了過去，第二梯隊的長槍兵又如約而至，立刻在甕城的門口和魏軍展開了血戰。

第一軍團五百名士兵衝刺完後，立即聚攏在一起，排兵布陣，朝著一個地方便繼續猛攻，群體的力量不容忽視，很快便將魏軍中間撕開了一個口子。

「第二軍團準備！」安尼塔・派特里奇再次叫喊起來。

第二軍團則迅速的衝了進去，緊接著，第三軍團、第四軍團、第五軍團接踵而至。

東夷兵則走上甕城的城牆，朝著甕城裡面的士兵便是一陣亂射，東夷兵箭法精準，射速極快，在和安尼塔・派特里奇的飛衛軍配合之下，很快將守軍擊潰。

「追擊！」

安尼塔・派特里奇長劍一揮，將他這名羅馬帝國軍團元帥的出色指揮藝術發揮了出來，成為第一個進入長安城內城的人。

西門那裡。

馬超彰顯著個人的武勇，這座他曾經失去的城池，這片留給他無盡悲傷的地方，他又再一次踏上了，地火玄盧槍不停地刺殺著魏軍的將士，馬超整個人如同一頭出閘的猛獸，所到之處，將所有抵擋他的人全部撕裂。

司馬懿在城外看著，見馬超殺紅了眼，血染戰甲，以其獨特的個人魅力威懾住長安城中守兵的心，他的嘴角浮現一抹笑容，淡淡地道：

「這才是真正的馬超，用你的憤怒擊潰魏軍吧。」

馬超不斷地向前衝殺，身後跟著匈奴兵，在魏軍的陣營裡撕開了口子，直接朝著敵軍一員主將殺去。

當他刺死那員主將時，整個人的血液都沸騰起來，舉著長槍，大聲咆哮道：

「長安城，我馬超又回來了！」

魏兵聽到馬超這個名字，如同見到鬼魅一般，加上失去了主將的指揮，紛紛向城中逃竄。

與此同時，徐晃攻克了東門，與曹真轉入巷戰，廖化、高森、侯成、宋憲攻克北門大軍入城，遇到抵抗的魏軍便殺。

從攻城開始，到攻入內城，華夏軍只用了半個時辰不到，如此速度的攻城戰鬥，讓華夏軍士氣高漲，衝進城裡後，追著魏軍便殺。遇到投降的也殺，砍下人頭便是一份功績。

以呼廚泉等匈奴兵為例，這些人收割著魏軍將士的頭顱，因為這些腦袋是可以用來換錢的。漸漸，匈奴兵失去了控制，舊疾又犯了，闖到民宅裡便是一陣燒殺搶掠。

長安城是帝都，城中財物確實不少，富翁也不少，匈奴兵見錢眼開，只要是人就殺，將和司馬懿的約定拋到了腦後，一時間，長安城中的百姓哀鴻遍野。

司馬懿接到報告後，不禁皺起了眉頭，急忙策馬入城，另外讓人去通知徐晃，讓徐晃下令暫時停止進攻長安，他則親自去找呼廚泉。

「殺！給我統統殺光！女人和錢財全部搶走，哈哈哈哈……」

一個匈奴的百夫長策馬奔進一個民宅當中，帶著百名手下便在民宅中作惡，將所有男丁全部殺死，將頭顱割下，懸掛在馬項上。

這時，二十多個匈奴兵押來十幾個女人，最大的約有四五十歲，已經是個老嫗了，最年輕的也不過才七歲，還是個孩子。

百夫長掃視了一眼，說道：「老的殺死，小的綁走，其餘的全部推倒，老子憋很久了，把那個最漂亮的給我！」說著，便跳下馬背，大步上前，一把便將那個女人直接拉進一間屋子裡。

「救命啊……」

「你喊啊，你喊破了喉嚨也不會有人來救你的，外面的都是我的人……」百夫長露出一臉的淫笑，將彎刀收入刀鞘，開始寬衣解帶了。

女人嚇得向後急退，雙手護在胸前，大聲地喊道：「你不要過來，你不要過來……」

「畜生！你們這些畜生！不得好死！啊……」

門外面，匈奴兵將老婦全部殺死，幾個匈奴兵留在門口看守，十幾個人分別將女人拉到不同的房間，剩下的則在房間裡四處搜刮著財物，小女孩哇哇嚎啕大哭，搖晃著被殺死倒在血泊當中的老婦。

屋內，百夫長壞笑著，直接撲了上去，女人想反抗，可惜力氣不夠，反倒被百夫長按倒在地，一把便撕裂了她身上的衣服，露出潔白渾圓的玉乳來。

百夫長舔了舔嘴脣，正準備霸王硬上弓時，忽然一道寒光閃過，一柄長劍直接架在了百夫長的脖子上。

「放開她！」

百夫長握緊拳頭，想要去反擊背後用劍指著他的這個人，誰知道剛一轉身，一柄長劍便刺進了心窩，讓他來了個透心涼。

百夫長這才看到這人的面容，不甘心地道：「司馬大人……你竟然……」

來人正是司馬懿，他騎馬路過此地，聽到裡面哭喊聲一片，外面馬匹成群，

心知是匈奴兵，便跨了進來，其餘匈奴兵不敢阻攔，司馬懿這才直接到達此處，見那百夫長想反抗，便一劍將他給結果了。

司馬懿看了一眼踡縮在角落裡的女人，解下自己的長袍，扔了過去，說道：「披上。」接著一劍斬下那個百夫長的人頭，女人嚇得扭過頭不敢看，眼裡滿是驚怖之色。

看著眼前的慘狀，司馬懿朝這家人拜了拜，歉疚地道：「司馬懿讓各位受苦了，這筆賬，我會討回來的！」

司馬懿提著那顆人頭，走到外面，怒喝道：

「都給我滾出來！」

「帶我去見你們的大單于！」

匈奴兵見司馬懿的手中提著百夫長的人頭，不敢抗拒，只得停下動作，紛紛走了出來，有的衣衫不整，有的手裡還拖著財物。

在司馬懿的命令下，一個匈奴的大當戶帶領他找到了呼廚泉。

此時，呼廚泉正跟隨馬超向前廝殺，對於自己族人違禁的事情絲毫不知情，見司馬懿找到他，才知道竟有這件事。

「混帳東西！快去查一查，到底是誰的部下，如此不守規矩，這不是要將我們匈奴放在熱鍋上烤嗎？」

帶司馬懿來的那個大當戶說道：「啟稟大單于，是右賢王的部下。」

「即刻讓右賢王來見我！」

不多時，右賢王便來到廚泉的面前，問道：「大單于，喚我何事？」

「看你部下幹的好事！」說著，呼廚泉便將司馬懿帶來的人頭扔在地上。

這時，一個右大將跑了過來，叫道：「賢王……不好了，東夷兵造反了，正在射殺我們的族人！」

「這是我的命令，凡是不遵守當初約定者，一律格殺。你匈奴右部兵私闖民宅，擅殺百姓，還強搶民女，我絕對不能容情。」司馬懿對呼廚泉道：「大單于，這件事，還請大單于秉公處理！」

「右賢王，傳令你部，凡有違約者，一律格殺，不要讓這群人害了我們。」

右賢王道：「明白。」話音一落，彎刀隨即抽出，直接將右大將斬殺了，嘴裡罵道：「就是你在搞鬼！」

司馬懿知道這件事和右賢王脫不了干係，但是現在右賢王將罪過全部推到了右大將的身上，此時右大將又已經死無對證，他還能說什麼？

「大將軍有令，全軍停止進攻，所有匈奴兵、東夷兵全部撤出城外候命！」

這時，徐晃的使者到來，宣令道。

呼廚泉看了看司馬懿，腆著臉道：「司馬大人，這長安城攻下來了，那一半的財物……」

「放心，少不了你的，請遵守驃騎大將軍的命令，撤退到城外駐紮，待城內安定之後，自然少不了你們的好處。」

呼廚泉滿意地道：「呵呵，有你這句話我就放心了。」

說罷，呼廚泉便帶著人離開了城門，東夷兵也盡數撤離。

司馬懿看到離開的這些匈奴人，心中不禁暗道：「匈奴乃禍根，不可不除！」

廖化被從北門派了過來，帶來一萬步兵，這時，人報馬超獨自一人殺入內城，被魏軍圍困，衝突不出，司馬懿急忙和廖化一起向城中奔馳而去，並分出兩千士兵駐守在城門，安撫剛剛被匈奴兵屠戮過的民宅。

此時的魏兵全部退到了內城裡，全部擁堵在一起，馬超殺紅了眼，一個人單槍匹馬的衝了進去，最後反倒被魏軍圍住。

「殺，給我殺！斬殺馬超者，重重有賞。」曹真指揮著零散的軍隊，一部分讓他們退到皇宮，一部分則歸自己指揮。

馬超已經殺的是昏天暗地，只覺得人越殺越多，怎麼殺都殺不完，漸漸地，他已經無感了。

「衝啊！」

廖化帶著華夏軍及時殺了過來，氣勢如虹，直接衝撞上魏軍的士兵。

另外一邊，徐晃、高森、侯成、宋憲、安尼塔·派特里奇等人全部帶兵合圍過來，曹真感到難以應付，便帶兵退入皇宮，馬超之圍遂解。

眾人一經見面，徐晃便道：「魏軍退入了皇宮，**這可能是魏軍的最後一道防線了，只要突破此處，長安城就是我們的了**，大家再努力努力，向前衝啊！」

一聲令下，馬超更不答話，第一個衝了過去，徐晃帶著騎兵緊隨其後，看到馬超在前面殺成了一個血人，心中暗道：「馬超大概是為了報仇吧？」

城內混戰不止，城外也沒閒著，郭嘉指揮士兵將一名名受傷的士兵從城裡抬出來，軍醫們不停忙碌著。

這就是華夏軍，前面戰士打仗，後面就能治傷，軍隊的醫療系統普及到每一支軍隊，華佗所發明的麻沸散更是療傷的聖藥，只要患者塗抹上去，即使眼睜睜地看著自己胳膊被鋸掉，也不會感到一絲的疼痛。

除此之外，張仲景的藥丸也非常有作用，可以固本培元，調血養氣，兩下相融合，能加快士兵的恢復速度。

傍晚時分，城內局勢已定，魏軍整整在皇宮抵抗了一天，三萬精銳盡皆戰死，太子曹昂被馬超所殺，曹真被徐晃擒獲，陳群、楊修、劉曄、滿寵盡皆被俘。

當陳群、楊修看到馬超的時候，臉上都是一番羞愧之色，長安城中的新兵在華夏軍攻入城池的一剎那便宣告崩潰，紛紛投降。

戰後，司馬懿從城內策馬而出，找到了郭嘉，下馬拜道：「太尉大人，我有件事想和太尉大人商量。」

郭嘉道：「你儘管說。」

於是，司馬懿走到郭嘉耳邊，小聲說了一句話。

郭嘉聽後，不禁問道：「仲達，此舉會不會激起兵變？」

「如果不殺這些人，長安城就無法安撫，太尉大人。我知道你和匈奴的關係，但是請站在華夏國的立場上考慮。」

「我正是站在華夏國的立場上才這麼說的。如果真的要大開殺戒，最好一個不留，到時候我也好跟匈奴人交代，就說他們都是死在戰場上。」

司馬懿怔了一下，說道：「還是太尉大人高見，那這件事……」

「你放心吧，包在我身上，你只管去和大將軍說，夜晚子時開始行動。」郭嘉道。

司馬懿點點頭，隨即告退，走的時候還不忘記回頭看郭嘉一眼，心中想道：

「原來太尉大人心狠起來，比我還毒……」

勝利的呼聲相互交織在一起，徐晃派兵進駐城中，安撫在戰亂中受到傷害的百姓，徹查國庫、武器庫。

徐晃帶著親兵，進了魏國的皇宮大殿，見皇宮大殿並不怎麼輝煌，反而顯得很是破舊，不禁指著那象徵皇帝權力的寶座說道：「魏國也不過如此嘛！居然窮成這個樣子？」

「大魏不像你們華夏國，追求什麼金碧輝煌，我聽說你們為了建立洛陽新都，竟然花掉整個國庫裡的積蓄，這還遠遠不夠，竟然窮得伸手向老百姓借錢，還美其名曰什麼國債。呸！華夏國的狗皇帝除了知道享福之外，還知道什麼？我們大魏把所有的錢財全部花在刀口上，從不追求什麼榮華富貴，大魏的群臣都個個節省……」曹真被徐晃的士兵押著，不服氣地說道。

徐晃轉過身子，陰鷙的雙眸看了曹真一眼，道：「你可知道，就憑你剛才誹謗皇上的那番話，就已經觸犯了死罪，論罪當誅。」

「哈哈哈……華夏國不是說什麼言論自由嘛，我只不過說了句心裡話，就要被殺頭了？好啊，我正求之不得，你來殺我便是了。」曹真反擊道。

「你不怕死，我殺你反而是成全了你，我要將你帶回華夏國，讓你親眼見見，我們華夏國是不是如你所說的那樣不堪入目。我要讓你活著，眼睜睜地看著你口中的大魏是如何被滅的……」徐晃冷冷地道。

「把他交給我處理吧。」

馬超跨進大殿，犀利的目光盯著曹真，在他心裡，凡是姓曹的，都該殺。

曹真見馬超走了進來，反脣相譏道：「我當是誰呢，原來是昔日秦國的太子殿下，當年長安大亂，沒有將你置之死地，一直是我的遺憾。沒想到你卻甘願去給華夏國的狗皇帝當一條看門的狗……」

「砰！」

不等曹真把話說完，渾身是血的馬超一拳便打在曹真的臉上，將曹真打得滿嘴是血，牙齒也被打掉了一顆。

徐晃見狀，並沒有制止，見血跡在馬超的身上已經凝結成了冰花，銀色的盔甲變成暗紅色，唯獨臉上是白的，一雙陰冷的眸子裡透著無比的殺意。

「呵呵……呵呵……打得好……可惜你到現在連馬騰的屍首都找不到……你這個太子當的可真窩囊，眾叛親離，這滋味不好受吧？想殺我？來吧，我就站在這裡讓你殺，殺了我，我到九泉之下，又可以和我大魏的兵將一起繼續折磨你的父親，讓他死了都得不到解脫，哈哈哈……」

馬超一腳將曹真踹倒在地，一個惡鷹撲食朝曹真抓了過去，騎在曹真的身上，舉著他具有蠻力的雙拳，眼睛裡布滿了血絲，**他彷彿看到曹操那副醜陋的嘴臉，雙拳不停地打在曹真的臉上。**

幾拳砸下去後，曹真已經是鼻青臉腫，神智也有點恍惚。

徐晃一把抓住馬超的拳頭，安撫道：「孟起，夠了，再打下去，真的要出人命了。曹真只不過是曹操的養子，並非親生，而且曹真也是一員良將……」

「只要他姓曹，哪怕只是曹操的養子，長安之亂他也有份，我不能放過他。國仇家恨，此仇不報，我馬超誓不為人！徐將軍，我馬超向來說一不二，如果你執意要阻止我，別怪我對你不客氣。請鬆手。」仇恨蒙蔽了雙眼，馬超說出的每一個字都給人一種極大的威懾力。

徐晃皺了下眉頭，不願意為了一個俘虜傷了彼此的和氣，把手鬆開，轉念一

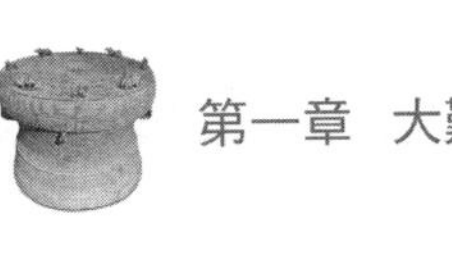

想，馬超確實很可憐，大仇足足等了五年才得以報，身上背負的國仇家恨，讓馬超徹底的失去了控制。

徐晃大踏步朝殿外走去，對身後的兩個親兵說道：「把門關上。」

馬超接著打曹真，活活的用拳頭將曹真打死，然後轉過身子，瞪著陳群、楊修、滿寵、劉曄四個人，將腰中的佩劍拔了出來，徑直走到四人的面前，二話不說，將滿寵、劉曄的人頭斬下。

「二位大人，當初謀反的時候，你們也想不到會有今天吧？五年了，**整整五年了，我無時無刻不在想著如何殺掉你們這些忘恩負義的人**，如果你們跪在地上向我求饒，我與許會留給你們一個全屍。」馬超冷冷地注視著陳群和楊修道。

「事已至此，我無話可說。太子殿下，當初是我們不好，不該……算了，現在說什麼都晚了，你動手吧！」陳群閉上雙眼，引頸就戮。

楊修哼了聲，什麼都沒說。

馬超瞪著楊修，問道：「再怎麼說，你的妹妹也是我的妻子，我對你們楊家不薄，對陳家更是十分器重，為什麼你們要幫助曹賊謀反？這一點，我不能原諒！既然你們都不求饒，那就別怪我不客氣了。」

「動手吧。」

「在動手之前，我想知道我父親被葬在什麼地方？」

「陛下寧死不降，力戰而死，曹操感念其壯烈，特命人將陛下葬在西南二十里處，修建了陵墓，派專人看守。」陳群說道。

「很好！」

大殿的門關上以後，徐晃便聽到馬超拔劍的聲音，緊接著就是幾聲慘叫。

等到馬超提著一把血淋淋的長劍從大殿內出來時，在他的寶劍上串著五顆血淋淋的人頭。

「徐將軍，曹操的家屬在什麼地方？」馬超問道。

「據守城門的降將說，好像在前夜就全部被運走了……」

馬超恨意綿綿，對徐晃道：「事情已了，長安城乃我傷心之地，我不想在此久待，我現在就回涼州，就此告辭。」

徐晃道：「馬將軍，今日已晚，明日再走吧？」

「不了，我還有一件很重要的事情要辦。」馬超拒絕了徐晃的挽留，帶著那五顆人頭，準備去馬騰的陵墓前祭拜。

徐晃大致猜出了馬超要去哪裡，便道：「那好吧，馬將軍一路保重，他日若有緣再見，徐某定當和馬將軍痛飲一番。」

「告辭。」

「不送。」

馬超走後沒多久，司馬懿便進了皇宮，看到馬超急匆匆地走了，連個招呼都不打，心知馬超心無眷戀，必然會回到涼州去對付夏侯淵，也就隨他而去了。

司馬懿來到徐晃面前，道：「大將軍，有件事，今夜必須要做，以絕後患。」

徐晃問道：「什麼事？」

司馬懿向徐晃細說了一番，徐晃聽後，問道：「這樣做，會不會太過偏激了？」

「寧可錯殺，不可放過，如果放過任何一個人，走漏了消息，只怕會給華夏國帶來災難，還請大將軍挑選信得過的親信來做這件事。」司馬懿道。

徐晃又道：「太尉大人同意了？」

司馬懿點點頭。

「既然如此，我也沒什麼顧慮的了，那就這樣辦吧，晚上的時候，我會親自帶人去做。」

「有勞大將軍了。」

「來來來……大單于，今天多虧有你們的幫忙，才使得我們華夏軍勢如破竹，為此，我敬你一杯。」郭嘉舉著一杯酒，先乾為敬。

呼廚泉和所有匈奴的頭領坐在大帳裡，都在為打了勝仗而開心，明天開始，就會有大批的錢財要掉入他們的口袋裡，一想到這裡，匈奴人都十分的高興，大碗喝酒，大塊吃肉。

營地裡，所有的匈奴人都得到了熱情的款待，要酒給夠，要肉管飽，要女人……沒有。豪爽的匈奴人只管吃喝，殊不知他們的一隻腳已經邁進了鬼門關。

郭嘉勸酒，最後以不勝酒力離開，繼續讓呼廚泉他們盡情享用。

匈奴人毫不顧忌，戰後的勝利沖昏了頭腦，各個喝得是爛醉如泥。

當夜子時，徐晃、廖化、高森帶著兩萬人溜進匈奴人的營地，舉起屠刀，將爛醉正在熟睡的匈奴人的頭顱全數割下。短短幾秒鐘內，一萬九千多名匈奴人全成了無頭屍體，血流成河。

郭嘉和司馬懿站在高坡上眺望，見徐晃等人從匈奴的營地裡發出信號，兩人這才鬆了口氣。

「太尉大人，不知道以後匈奴人將何去何從？」司馬懿問道。

「遷到秦州，就地為民，關中沃野，匈奴人失去首領，按照匈奴習慣，我可以出任匈奴的大單于，讓他們奉公守法，漸漸地磨滅掉這支民族。」郭嘉早就想好了對策，緩緩說道：「仲達，給皇上寫捷報吧，同時，你也該回涼州了，夏侯淵尚在，張繡尚在，西北局勢還不算安穩啊。」

「明白，我明日便啟程。」

西元一九七年，正月二十。

涼州的隴西郡城西門外，夏侯淵率領大軍張羅開來，兩邊鐵甲衛隊站立，城樓上鼓吹隊伍嚴陣以待，天空中不再落雪，眾人極目四望，專門等候在這裡。

「元直，怎麼那麼久還不來？」夏侯淵向來是個急性子，等了許久，讓他有些不耐煩了。

「將軍不必著急，既然西羌王已經派人來通知了，這就說明西羌王的大軍離此不遠了。不過，西羌王這次帶來二十萬大軍，小小的隴西只怕容不下啊。」徐庶擔憂地說道。

「只要他們來了，就立刻對華夏軍採取攻擊，攻城掠地，分兵駐守，殺盡華夏軍那幫賊人，反攻涼州的機會終於到來了。對了，張繡大軍幾時能到？」夏侯淵問。

「不出意外的話，應該就在這一兩天，如果不是將軍用命令壓他，只怕張繡還不願意來，說什麼要守衛武都，以防止華夏軍偷襲……」徐庶答道。

「武都那個破城有什麼好守的？再說，他就那一萬兵馬，能守得住？和我一起合力討滅太史慈的大軍才是正事。」夏侯淵氣道。

正說話間，便見遠處大批隊伍緩緩駛來，一員羌將當先奔馳，背後帶著數千騎兵長長地排開。

徐庶看後，對夏侯淵說道：「來的是西羌王帳下勇將，喚作迷當，此人慣使弓弩、槍刀、蒺藜、飛錘等器，聽說有萬夫不當之勇。」

夏侯淵遠遠望去，但見迷當手挽鐵錘，腰懸寶雕弓，身材魁梧健碩，看上去威武不凡，迷當身後的騎兵也都個個精壯，正快速地向這裡趕來。

「昔日我等助鍾存羌統一羌族各部，鍾存羌王徹里吉更是一舉成為有史以來西羌的第一位大王。徹里吉應該感恩才對，這次親率大軍二十萬前來助戰，西羌實力驚人，何愁涼州不能平定？」夏侯淵歡喜地說道。

說話間，迷當已經抵達了城門口，身後騎兵一字排開，每個人都裹著羊皮製成的大衣，饒是在這種天氣裡，也不會覺得寒冷。

「奏樂！」夏侯淵高聲喊道。

早已等候在城樓上的鼓吹隊伍紛紛開始吹奏，奏出了美妙的樂章。

迷當翻身下馬，聽到這刺耳的聲音，便道：「停下，這什麼鳥聲音？這麼難聽？」

夏侯淵皺起眉頭，立刻下令停止吹奏，問道：「難聽？」

迷當點點頭，打量了夏侯淵一番，道：「想必閣下就是魏國的鎮西將軍夏侯淵了？」

夏侯淵聽迷當直呼其名，臉上登時顯出不悅之色。

徐庶見狀，急忙說道：「迷當元帥，這位就是讓敵人聞風喪膽的夏侯將軍，曾經率領一支偏軍，征服西域各國……」

「哦，我知道，就是魏國那什麼號稱跑得最快的長腿將軍嘛！」

「是神行將軍！」夏侯淵陰鬱著臉，不滿地說道。

迷當抱著膀子站在那裡，眼神裡盡是輕蔑之色，譏刺道：「管你什麼將軍，還不是照樣被華夏軍打敗？估計你就是因為跑得快，才能活到今天吧？」

「你……」

徐庶見夏侯淵要發火，急忙拉住夏侯淵，道：「大家都是自己人，不必為了一點小事大動干戈，迷當元帥，不知道羌王率領大軍何時能到？」

「哦，你也知道，我們羌族全民皆兵，但是由於現在天寒地凍的，出兵不宜，而且地面積雪頗深，要等到積雪消融之後，擇一良辰吉日再行出征。」

「什麼？徹里吉安敢反悔？」夏侯淵聽了，大怒道。

迷當瞥了一眼夏侯淵，冷笑道：「反悔？如果真的反悔的話，我就不會來了。既然派人來通知你，就表示我們大王一定會出征。只是現在積雪那麼深，鐵車兵行走不宜，只有等到冬雪消融之後再行出征。我想，大概也要等到三月份吧。」

「三月份？你他娘的耍我是不是？」夏侯淵怒上加怒，脾氣火爆的他立刻拔出了腰中佩劍。

迷當早有防備，縱身向後跳去，一群羌人立刻將他圍得嚴嚴實實的，羌兵立刻拔出武器，夏侯淵這邊的衛隊也紛紛亮出兵刃，兩撥人箭拔弩張，針鋒相對。

徐庶見狀，急忙緩頰道：「放下！放下！都是自己人，何必動刀動槍的傷了和氣？」

程昱站在夏侯淵身邊，也急忙勸道：「將軍，能忍則忍，忍一時之不快，換來的可是整個涼州啊，再說我們還需要羌人的力量，不能和他們鬧翻。」

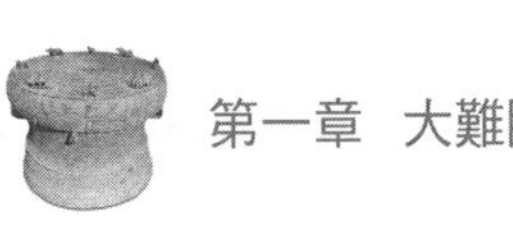

夏侯淵還劍入鞘，氣憤地道：「既然羌王已經做出了決定，我們也無話可說，姑且暫時等到冬雪消融，春暖花開之時，再合力擊退華夏軍。」

於是，兩撥人都收起兵刃。

迷當笑道：「既然如此，那就叨擾夏侯將軍了。」

「叨擾？你要留在這裡？」夏侯淵驚詫地道。

「當然，我是大王派來的，算是前部，我剛才可能沒把話說清楚，一個月內，會有十五萬大軍陸續抵達這裡，但是我們大王只是讓我們在此駐紮，拱衛魏軍，並未允許出征，真正出征之日，還要等到冬雪消融，只要我們大王帶著鐵車兵一到，就會立刻對華夏軍展開攻擊，替你們大魏收回失地。」

夏侯淵對於迷當的回答很不滿意，什麼叫「替」啊，好像是他們已經到了窮途末路，無力回收失地的地步了。他心中雖然不爽，但還是忍下來了。

他不願再看到迷當那副嘴臉，扭身便進了城，吩咐道：「城西留給羌族的朋友居住，其他人全部退到城東。」便帶著衛隊入城了。

徐庶、程昱則安排迷當等人入城。一行人安頓下來後，迷當便派人回去給徹里吉報信去，他自己則帶著一隊親隨，在城中來回奔馳，目光卻始終盯著魏軍的戰備、軍力、駐紮的情況以及糧草等方面，好估算出魏軍到底有多少戰鬥力。

徐庶發現迷當整天沒事的在城中瞎轉，便多留了個心眼，到了傍晚的時候，他去找程昱商量，將白天所見到的事情告訴程昱。

程昱聽後，心中一驚，道：「迷當如此做法，難道是在窺視我軍戰力？」

徐庶道：「我也如此猜測，前幾天羌王派人來，說十日之內便會親率二十萬大軍前來，可是現在卻只讓迷當帶著三千騎兵前來，迷當又在城中打探我軍，不得不讓人起疑心啊。」

「陛下率領大軍遠在巴蜀，長安也被攻下了，秦州、涼州只有這裡還有點我們魏軍的影子，如果羌人趁這個時候和我們撕破臉，只怕我們將死無葬身之地。」程昱憂心地道。

程昱也是個深謀遠慮的人，之前曹操奪取政權時，就是派他先到涼州來坐鎮，招誘周圍漢人、羌人為曹操效力，可謂是勞苦功高。

徐庶聽後，皺起眉頭，托著下巴道：「恐怕，遠不止這麼簡單……」

「元直，你說這話是什麼意思？」程昱狐疑道。

「只怕羌王大軍早已抵達，卻不一起過來，先派迷當前來試探我方虛實。以我推測，羌王不只是想和我們撕破臉那麼簡單，而是想用自己的力量驅逐華夏軍，然後奪取整個涼州，而我們就是首當其衝的第一支軍隊，迷當在城中窺探我軍虛實，只怕就是在估算我軍還有多少戰力，是否還有能力和羌王並肩作戰。」

「你是說，羌人想先和我們聯手抗敵，待驅逐華夏軍後，再卸磨殺驢？」

「嗯，應該就是這樣的。」

「不行，得趕緊通知夏侯將軍，將迷當那廝殺了。」程昱道。

「不，以夏侯將軍的脾氣，要真是把迷當殺了，那我軍就真的大難臨頭了。」徐庶道。

「那你的意思是……」

「**將計就計**，以我軍現在的戰鬥力，絕對是羌人的好幫手，現在羌王還不敢動我們，我們的大軍就算是羌人親自來啃，沒有月餘時間他也啃不下。這件事先不要和夏侯將軍說，先姑且放任自流。如果不出意外，明日羌族大軍就會全部抵達，屆時對華夏軍開戰，只要我軍少用些力，讓羌人大軍去衝殺即可。」

「那好吧，那就這樣辦。」

「嗯，此事只有你知我知，天知地知，待到合適之時，再向夏侯將軍表明。」

「元直，你就放心吧。」

第二章

當務之急

斥候出去後，太史慈轉身回房，將這幾天的消息全部說給妻子田欣聽。

田欣聽後，分析道：「夫君，羌人來勢洶洶，只怕涼州又要起變化了。當務之急，是趁著羌人尚未行動前先搶占險地，鉗制魏軍和羌兵。」

隴西郡城五十里開外的一處山谷裡，羌王徹里吉接到了迷當送來的消息，便將部下諸位首領全部聚集了起來，道：

「迷當已經探明虛實，魏軍還有實力，不可輕敵，看來，只要先和他們聯手，等擊退了華夏軍，再殺了他們不遲。傳令下去，明日一早，全軍啟程，直奔隴西郡城。」

另一方面，張繡正率領一萬兵馬從武都向隴西艱難的行進，行到一個山谷時，便令部下安營紮寨。

入夜後，有一個小校入內稟告張繡，說是有一位老友前來求見。

張繡納悶了一下，讓人帶進來。但見來人披著黑色斗篷，斗篷遮住了臉龐，在夜裡看不清來人面孔。

張繡凝視了一番，問道：「閣下何人？」

來人將斗篷掀開，露出一張俊朗的面孔，面如冠玉，目若流星，端的是一個美男子，但是臉色鐵青，雙眸深邃，看上去飽經了滄桑。

張繡一看到這個人，當即吃了一驚，急忙跪在地上，拜道：「太子殿下……」

來人正是馬超，他見張繡跪在地上，還叫他「太子殿下」，冷笑一聲道：

「起來吧，我已經不再是昔日秦國的太子，現在我的身分是華夏國右車騎將軍，翼侯。」

張繡站起身子，請馬超坐下，畢竟他是馬超的舊部，對馬超並無敵意，當年投降曹操也是被迫而已。而且，投降魏國的這幾年時間裡，張繡心裡始終懷著一份愧疚，因而曹操封賞給他高官和爵位，都被張繡婉言謝絕，就守著武都郡。

後來聽說馬超在靈州，曹操也許是出於安全著想，派人去武都監視張繡，怕他和馬超聯繫，進而謀反。張繡潔身自好，除了和索緒有些許書信來往之外，從不跟其他人有過交往，所以五年下來，他也是如履薄冰。

今日突然見到舊主，心中不免一陣酸楚，更覺得無顏面對馬超。

「長安城的事，想必你應該聽說了吧？」馬超接過張繡遞來的熱茶，捧在手中暖了暖冰涼的手，淡淡地道。

張繡點點頭道：「嗯，聽說了。華夏軍的攻城速度讓人咋舌，只用一天便將長安城拿下了，拿下整個秦州也只有半個月的時間，這種攻城速度實在太驚人了。太子殿下……」

「請叫我馬將軍！」馬超喝了口熱茶，坐在篝火邊伸出手烤手，一邊道。

「馬……馬將軍……這樣叫，好彆扭……」張繡試著喊道。

「叫多了就習慣了。張將軍，那你想必也聽說我殺了陳群、楊修、曹真、劉

嘩、滿寵五個人的事吧？」

張繡的心情十分平和，坐在篝火邊，看著馬超冷峻的面孔，笑道：「聽說了，馬將軍是來取我人頭的吧？我早料到會有這麼一天，這幾年，我一直在自責，如果當年自己寧死不降，據城死守的話，倒也落得個忠義無雙，可是現在……馬將軍，我的人頭在此，你儘管拿去，以祭奠先帝的亡靈。」

馬超望著張繡，道：「你當真願意將人頭奉上？」

「只要馬將軍樂意，什麼時候取都行……」

「刷！」

馬超抽出腰中佩戴的鋼劍，冰冷的劍刃架在張繡的脖子上，問道：「如果再給你一次機會，你還願意跟隨我嗎？」

「如果真有這個機會，張繡求之不得。」說著，張繡閉上雙眼，一副引頸就戮的樣子。

「刷！」

馬超揮劍斬斷了張繡頭上的盔櫻，將劍收入劍鞘之後，道：「我已經祭奠完父親的亡靈，再要你人頭又有何用？不如權且寄存在你的項上，留著以後戴罪立功。」

張繡睜開眼睛，看到馬超回到了座位上，狐疑道：「將軍，你不殺我？」

「你既然不怕死，我殺你也沒意思，你若心中真的對我有愧疚，就帶領你的部下投降我華夏軍。我在華夏國這幾年裡，可算是見識到了**什麼才是真正的強大**，回想起以前曾經和華夏國為敵，我都覺得有些可笑，怪只怪當時我太年輕氣盛，以為天下捨我其誰，認為天下人都不如我，時到今日我才發現，當年的想法實在是幼稚之極。」

張繡見馬超說話時，臉上表情沉穩，感覺到現在的馬超成熟許多，不再是當年那個驕橫、狂躁的秦國太子了。

馬超頓了頓，繼續說道：「如果當時我沒有和華夏國為敵，而是和父親邀請皇上一起共同輔佐大漢天子，憑兩家的實力，或許早已平定各地諸侯，大漢也會在兩者的共同努力下變得繁榮昌盛，我馬氏一門必然門庭興旺。可惜我當時太過無知，只知道喊打喊殺，即使當上了太子，也弄得民心不穩。我更悔恨當初為什麼要聽信曹操的謊言，將他接到關中，養虎為患……哎！」

聽到馬超發出感嘆，張繡也是一陣惆悵。他當即跪在馬超的面前，向馬超叩拜道：「將軍，張繡願意重新歸順將軍麾下，任由將軍驅策，從此甘願為馬前卒，上刀山，下火海，張繡也在所不辭。」

馬超急忙將張繡扶了起來，深情地看著張繡，說道：「太好了，現在正是我們建功立業之時，曹操老賊與我有殺父之仇，此仇不報，我誓不為人，今得將軍，實在是我馬超幸甚。從此以後，我願意與將軍約為兄弟，將軍為兄，我為弟，共同討平魏軍殘留在涼州的餘孽，一旦西北平定，便可進攻益州，徹底將曹操老賊斬殺。」

張繡見馬超要與他結為異性兄弟，急忙擺手道：「不可不可，我怎麼敢和將軍稱兄道弟？」

「莫非你看不起我？」馬超反問道。

「不不不……只是我出身低微……」

「**英雄莫問出處，今日只有兄弟，無貴賤之分**，我年紀尚輕，你為兄，我為弟，從此以後，我們兄弟共用榮華富貴，共同建功立業！」

話音一落，馬超便拉著張繡，跪在地上，抱拳喊道：

「皇天在上，后土在下，今有右扶風馬超與武威張繡約為異姓兄弟，從此以後，肝膽相照，有福共用，有難我當……」

「將軍，錯了，是有福同享，有難同當。」張繡急忙糾正道。

「不！我沒說錯，有福我們一起享，有難我自己一個人擔著……」

「不不不！有福同享，有難同當，否則的話，還結什麼義？」

張繡臉上一怔，被馬超深深感動，當即叩拜天地，朗聲道：「皇天在上，后土在下，今有武威張繡……」

「右扶風馬超……」

「約為異姓兄弟，從此以後，肝膽相照，禍福共用，若有違此誓，願承受天打五雷轟之苦。」馬超、張繡一起喊道。

喊完後，兩人當場歃血為盟，馬超便朝張繡拜道：「小弟拜見大哥……」

張繡急忙將馬超扶起，說道：「兄弟不必多禮，心裡當我是大哥就行了，人前不必喊出來，畢竟你曾經是我的主人……」

「只要我們心中都有彼此，這就夠了，有什麼話，就當面講出來，大家不要有隔夜仇，真正的做到有福同享，有難同當。」馬超誠摯地說道。

張繡點點頭，問道：「將軍，你一個來的？」

「嗯，我聽說你要去隴西，便專門在這裡等候你，正好我也要去隴西，既然你已經決定歸順華夏國，這樣歸順似乎太平淡，如果能斬下夏侯淵的人頭，那就再好不過了。」

張繡聞言道：「我明白你的意思了，放心吧，我此次前往隴西，正是夏侯淵

的命令，這件事包在我身上，這幾年，我窩在武都郡，號召了不少對我忠心的將領，將軍在此稍等，我將他們叫進來，一一介紹給將軍認識。」

說著，張繡便走出大帳，衝門外一個親兵喊道：「讓諸位將軍前來大帳議事。」

過不多時，馬超便見從外面來了幾個人，一個文士，四個將領。

五人一進大帳，便朝張繡拜道：「拜見將軍。」

張繡道：「我給你們引薦一個人，這位是神威天將軍……」

「神威天將軍……」

五人聽後，都用羨慕的眼神望著馬超，隨即齊聲拜道：「我等拜見天將軍。」

「這幾位是？」馬超問道。

張繡從文士開始，依次介紹道：「這位是張既，字德容，秦州高陵人；這幾位是我的帳下猛將，依次是麴演、蔣石、和鸞、毌丘興。這五年來，我在武都一直暗中招納賢才，並且注重選拔人才，他們都是我提拔的，這次隴西之行正好派上用場。」

說完，張繡轉身對張既、麴演、蔣石、和鸞、毌丘興說道：「都給我聽著，從今天起，我正式歸順華夏國，你們可都願意相隨？」

「我等盡皆願意聽候將軍調遣！」張既、麴演、蔣石、和鸞、毌丘興五人齊聲回道。

馬超在華夏國一直沒有實權，掌握不了太多兵馬，所以只能算是二流武將，立功的機會也很少。這一次，他成功說服張繡前來歸降，正好可以利用張繡大做文章，一旦斬殺夏侯淵，就是大功一件，到時候自己在華夏國也有說話的餘地，就可以由他率領大軍，攻打蜀地，討滅曹操老賊。

當下，馬超和張繡等人謀劃了一番，張繡帳下文士張既也是個人才，便為馬超和張繡獻計，於是眾人制定策略後，馬超在張繡那裡休息一夜，第二天一早便向漢陽郡而去，張繡也繼續打著魏軍的大旗，向隴西行進。

清冷的早晨，夏侯淵還睡在床榻上，暖和地在被窩裡，忽然聽到外面一陣急促的敲門聲，便睜開朦朧的雙眼，問道：「誰啊？這麼沒命的敲，敲什麼敲?!」

「將軍，是羌王……羌王帶著大軍來了，漫山遍野的，多不勝數……」

夏侯淵一聽到這句話，登時從床上翻起了身子，用最快的速度穿好衣服，當即打開門，問道：「你剛才說什麼？」

「羌王帶著大軍來了，漫山遍野的都是，大概有幾十萬人的樣子……」

「他娘的，昨天不是說要等到開春再戰，怎麼才一個晝夜大軍便到了，他奶奶的耍老子玩呢！」夏侯淵生氣地說道。

氣歸氣，但是對於羌王帶著大軍到來，夏侯淵還是覺得很是開心，這表示他收復涼州的日子不遠了，不光是涼州，還有秦州，**怎麼失去的，他就要怎麼討回來**。

夏侯淵來到城門口，剛一打開城門，便看見白茫茫的雪原上，漫山遍野的都是羌人，迷當正領著一個穿著華貴，身材魁梧的壯士進城，周圍環繞著十多個羌族的首領，每個人的臉上都看上去陰煞煞的，目光裡夾雜著一種難以言說的眼神。

「來者不善啊……」

夏侯淵看了眼被眾人簇擁著的人，他沒有見過羌王徹里吉，但是看這人的派頭，便可以肯定這個人就是徹里吉無疑。

徹里吉身披狐裘，一臉橫肉，頭上紮著十多根小辮子，一綹一綹的，看上去像是田間種植的麥子。

迷當在徹里吉前面引路，身材高大的他在徹里吉面前也要低聲下氣的，徹里吉身邊更是圍繞著五個壯漢，個個都是身長九尺，虎背熊腰的，看上去極為雄壯。

正當夏侯淵打量徹里吉等人的時候，迷當已經將徹里吉一行人引入了城內。看到夏侯淵站在那裡，迷當便對徹里吉道：「大王，前面就是大魏的鎮西將軍夏侯淵。」

「哦……」徹里吉犀利的眼神掃視過夏侯淵一眼，見夏侯淵穿著一身勁裝，體格健壯，個頭也很高，看上去倒是有幾分威武的樣子，讚道：「不愧是神行將軍，倒是有幾分威武之姿。」

兩下相見，迷當便自動當起了介紹人，對夏侯淵說道：「長腿將軍，這位就是我們的大王，今日大王帶著二十萬大軍前來，就是來助你奪取涼州的。」

夏侯淵對迷當恨得咬牙切齒，用眼睛狠狠地瞪著迷當，但是迷當像是沒事人一樣，繼續對徹里吉介紹道：

「大王，這位就是有名的長腿將軍，跑得最快了，人稱什麼來著？哦，好像說什麼三日五百，六日一千，打仗的時候，撤退跑得最快了……」

「我殺了你！」有道是，士可殺不可辱，夏侯淵聽了迷當的譏諷，當即拔出佩劍，亮在眾人的面前。

「刷！」

就在這時，徹里吉周圍的幾個人全部齊刷刷地拔出所佩戴的彎刀，亮在夏侯淵的面前。

「保護將軍！」

夏侯淵身後的一名校尉立刻大叫了起來，魏軍立刻從城中四面八方全部聚集過來，弓箭手拉弓搭箭，盾牌兵拉著夏侯淵便將盾牌擋在前面，騎兵也盡數而出，所有魏軍立即進入緊急備戰狀態。

羌人也不示弱，立刻吹起號角，瞬間萬馬奔騰，地面都為之顫抖，二十萬大軍迅即將隴西郡城給團團圍住。

雙方劍拔弩張，徹里吉面對這樣的變故絲毫沒有一點動容。

就在這時，鋪天蓋地地傳來羌人的呼喊聲，所有羌人幾乎在同一時間異口同聲地喊道：「大王殺不殺……大王殺不殺……大王殺不殺……」

喊聲如天雷陣陣，響徹雲霄，狄道城中不到三萬的魏軍聽到這氣勢雄渾的吶喊聲後，都不禁為之發怵。

夏侯淵臉上一陣抽搐，面部肌肉僵硬，握著劍，呆呆地站在那裡，看著徹里吉深邃的雙眸中放出異樣的光芒，鐵青的臉上波瀾不驚，饒是城中有千餘名弓箭手在瞄準他，也未曾動容，**這份魄力，這份膽量，足夠說明一切，這貨絕對不是一個等閒之輩。**

徹里吉目光犀利，仍舊緊緊盯著夏侯淵，突然，態度一變，對部下說道：「把兵刃都收起來，夏侯將軍是在跟我們開玩笑，你們還當真了嗎？」

迷當轉身朝後吹了一聲口哨，哨音響後，外面嗚咽的號角聲再次響起，悠揚又深遠，向四處傳開。只一瞬間，二十萬羌人一起向後撤退。

與此同時，城中圍繞在徹里吉周圍的人也收起了兵刃。

夏侯淵背脊上感覺有蟲子在爬，從脊梁骨一直向下延伸，全身冒出了冷汗，這個徹里吉確實不簡單。

他急忙將劍插入劍鞘中，下令道：「全軍解除戒備，一場誤會！」

這時，魏軍將士紛紛收起兵刃，每個人都在心裡鬆了口氣，如果真的開戰，只怕他們會成為二十萬羌人的眾矢之的。

徐庶、程昱急忙從人群中擠了出來，兩人都聽到剛才那響徹天地的喊叫聲，攝人心魄。此時見到徹里吉、夏侯淵針鋒相對，臉上沒有一點笑容，四目交接時，更是擦出了敵視的火花，趕忙出來打圓場。

「哎喲……這不是徹里吉大王嗎？什麼風把您給吹來了……」

徐庶當年憑藉三寸不爛之舌遊說羌族各部支持曹操，更是成為徹里吉的座上賓，和徹里吉非常熟悉，他深知羌人習性，當即便笑著朝徹里吉走了過去，一邊說道。

徹里吉看到徐庶，原本緊繃沒有任何表情的臉立即現出一抹微笑，說道：「原來徐大人也在啊，我們可有些日子沒見了吧？」

「可不是嘛，自從上次和大王一別，算一算……」徐庶故作姿態，掐指算道：「咱們差不多兩年沒見了吧？」

「徐大人，你記性可真不好，明明是三年嘛！」

「三年嗎？」

「三年，本王記得很清楚！」

「哦，確實是三年……」徐庶又算了算，笑道：「大王不是說等開春以後再來嗎，怎麼那麼快就來了？」

「我得知徐大人在此處，所以就馬不停蹄的前來支援，徐大人，我這個做朋友的，夠格吧？」

「大王不夠格，那還有誰夠格？」

「哈哈哈……」

徹里吉和徐庶一見面便東拉西扯，外人看上去，兩人親密無間，像是久違了很久不見的兄弟，甚至比兄弟還親，這一時的暢談，倒是化解了剛才一觸即發的緊張氣氛。

夏侯淵看到這一幕，身子稍微朝後挪了一下，對程昱道：「元直和徹里吉好像很熟的樣子啊？」

「應該是吧，當年說服鍾存羌效忠陛下的，好像就是徐元直，他們兩個是舊識……」程昱在夏侯淵耳邊小聲說道。

「難怪……」

徐庶一把抓住徹里吉的手，將他拉到夏侯淵的面前，道：「大王，我來給你介紹一下，這位是……」

「鎮西將軍夏侯淵，人稱神行將軍，魏國第一名將，本王豈能不知？」徹里吉的眼裡露出幾分欣賞之色道。

「呵呵，原來大王認識，那就更好辦了。大王，我們就別站在這裡了，請諸位首領一起進去坐吧。」徐庶提議道。

徹里吉點點頭，轉過身子，臉上的笑容立刻消失不見，冷冰冰地說道：「餓何、燒戈、伐同、蛾遮塞、治無戴，你們五個人去統轄各自的部下，休得讓部下胡鬧，就地在外面砍些樹木紮營。」

一直圍繞在徹里吉周圍的餓何、燒戈、伐同、蛾遮塞、治無戴五個人聽了以後，只點了一下頭便轉身離去，臨走時，看著夏侯淵等人的眼神還流露出幾許冷冷的殺意。

這時，迷當則向前走到徹里吉身邊，道了聲：「大王。」

「嗯，迷當啊，你隨我一同進入城中即可，徐大人要設宴款待，我們也不能拂了徐大人的面子，對吧？」徹里吉用陰鷙的眼睛看了迷當一眼，話中還夾雜著一絲譏諷。

「明白。」迷當道。

徐庶很明白，徹里吉與以往西羌任何一支部族的羌王都不一樣，這個人十分懂得隱藏實力。鍾存羌在他的帶領下，十幾年來從未有過戰爭，也從來不參與任何羌族爭鬥，算是羌族中的一片淨土。

可是，當徐庶親自去了鍾存羌後，才發現鍾存羌其實已經具備以武力征服各個羌族的實力，但是不知道為什麼，羌王徹里吉一直沒有發動戰爭的意思。直到他去了以後，用他的三寸不爛之舌說服徹里吉支持曹操，以幫助徹里吉稱王西羌作為交換條件，才獲得了徹里吉的幫助。

不過，現在看來，徐庶當時的做法是錯誤的，他助長了徹里吉的氣焰，而徹里吉一直都有野心，他之所以不發動戰爭，實際上是在伺機而動。如今機會來了，徹里吉這頭孤狼，也許會做出什麼令人不可思議的事情來。

徐庶看著徹里吉的身影，心中暗暗想道：「該來的總會來，一頭沉睡的野狼終於忍受不住饑餓，準備吃人了。但是，魏軍絕對不會成為這頭野狼嘴裡的食物，相反，魏軍應該變成這頭狼的主人。**華夏國的兒郎們，準備好填飽這頭貪婪的野狼了嗎？**」

徹里吉被迎入太守府大廳，和夏侯淵、徐庶等人把酒言歡，吃肉喝酒。酒足飯飽後，徐庶安排徹里吉在太守府裡住下，這才離開。

等徐庶離開後，徹里吉坐在床沿上，一番若有所思的樣子。

迷當見狀，不禁說道：「大王，今日在城門口，以我軍實力，屠殺滿城魏軍簡直易如反掌，為什麼大王不下殺手？」

徹里吉看了迷當一眼，道：「魏軍實力仍在，這個時候和他們翻臉，未免太早了，即使攻下這座城，我軍也會損失頗多，對我們來說，城池根本是身外之物，**能將整個涼州牢牢地掌握在自己的手中，這才是關鍵。**」

「那大王的意思是……」

「先和魏軍聯手抗敵，用華夏軍的力量來削弱魏軍的力量，最好是華夏軍能夠一舉擊敗魏軍，這樣我們坐收漁翁之利，再用自己的力量擊潰華夏軍，將華夏軍趕出涼州。」

徹里吉說這句話時，慷慨激昂。

獵鷹一般的眼神，狼一樣的貪婪，隱忍了那麼多年，也是該爆發的時候了。

「大王英明！」迷當讚道。

「你去通知其他幾位大帥，告訴他們，不要再和魏軍發生任何摩擦，今天早上的事，想必已經對魏軍的心裡造成了影響，另外催促鐵車兵，加快行進速度，三日後若是不到，全部問斬！」徹里吉發出號令道。

「是，大王。」

迷當武藝超群，可是當遇到徹里吉時，還是覺得有不足之處。當年他和徹里吉爭奪鍾存羌羌王之位，現在他完全臣服於徹里吉，這個人雖然不具備純正的羌族血統，卻是個不折不扣的梟雄。

至少，迷當是這樣認為的。

張繡正在行軍的途中，見前面來了斥候，便問道：「前方情況如何？」

「羌人二十萬，陳兵在狄道城外，分別立下五座大營，每座大營裡面，又各自設下二十座小營，每小營二千人，將狄道城圍得水泄不通，完全起到了拱衛狄道城的作用。」斥候稟告道。

張繡皺起了眉頭，將張既、麴演、蔣石、和鸞、毌丘興五個人召集到面前，道：「情況有變，羌人二十萬大軍盤踞在狄道拱衛隴西，只怕原計劃要更改一下了。蔣石，麻煩你親自跑一趟漢陽郡，去見神威天將軍，就說計畫有變，我在魏軍營中先暫時隱而不發，等到關鍵時刻再行動。」

「諾！」

「其他人都跟我走，一起去狄道。」

「諾！」

榆中城。

「啟稟大將軍，西羌王徹里吉發兵二十萬已經全部抵達狄道城，和魏軍合兵一處。另外，尚有數萬羌兵在後面徐徐而動。」斥候踏進縣衙，向太史慈稟告道。

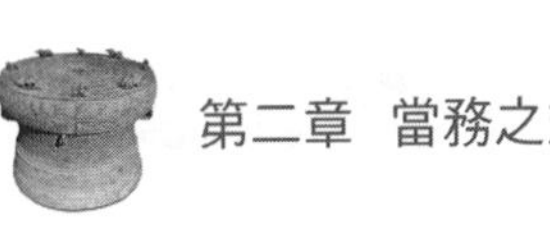

「很好，可曾探明魏軍屯糧在何處？」太史慈問道。

「尚未探明，似乎就在狄道。」

太史慈嘆了口氣，道：「看來無法劫糧了……」

「啟稟大將軍，右車騎將軍派人送來消息，說他已經抵達冀城，隨時準備對隴西進行合圍。」

「馬超回來了，那司馬懿呢？」

「正在回程途中，已經抵達陳倉。」

「知道了，你們都下去吧，靜觀其變，全軍按兵不動。」太史慈下令道。

兩名斥候剛出去，另外一名斥候進來了，稟告道：「啟稟大將軍，前將軍已經平定酒泉、張掖、敦煌三郡，現駐軍在玉門關，以防止西域各國的滋擾，並且靜候大將軍新的指示。」

「魏文長果然好樣的，令魏延為西域都護安撫西域各國，駐軍敦煌，待拿下整個涼州，再一併寫捷報上奏給皇上。」

「諾！」

斥候出去後，太史慈轉身回房，將這幾天的消息全部說給妻子田欣聽。

田欣聽後，分析道：「夫君，羌人來勢洶洶，只怕涼州又要起變化了。當務之急，是趁著羌人尚未行動前先搶占險地，鉗制魏軍和羌兵。」

「夫人說得有道理，只是，我軍現在該如何搶占險地？」

田欣打開地圖，對太史慈說道：「夫君請看，可令龐將軍出兵進占枹罕，以切斷隴西和羌人部族的聯繫，令馬將軍、王將軍從漢陽出兵，分別占據烏鼠洞穴山、白石山，夫君從榆中出兵，占領大夏城，此四處都是險要之地，相距不算太遠，占據之後，可以進一步對魏軍和羌人逼迫，將他們鉗制在隴西郡內，不至於擴大戰場，免去了我軍士兵的奔波。只要我們占領了這四個地方，魏軍和羌人必然會分兵攻打，只要堅守月餘，便可以拖垮敵軍。」

「拖垮敵軍？」太史慈想了想，笑道：「我懂了，羌人人多，龐德切斷隴西和羌人部落間的聯繫，使得無法運輸糧草，這就等於切斷了敵軍的糧道。而狄道城的存糧不多，二十多萬人一起吃喝，肯定支持不到一個月，夫人此計高明。」

「在司馬監軍還未到來之前，我軍只能採取守勢，我一個婦道人家，夫君聽從我的命令，我已經很知足了。但是為了保險起見，還是採取守勢，以逸待勞。分兵拒敵，這樣敵人即使來攻打，也可以相互呼應。」

「明白，夫人妙計，我這就傳來龐德、馬超、王雙一起出兵。不過，我去大夏城，不能帶夫人去，夫人只管留在這裡，若有消息，便讓斥候來報。」

「嗯，夫君去吧，榆中城地處三郡交界之處，如果敵軍來攻打，我會設計守住此城，請夫君不必擔心。」

「嗯，辛苦夫人了，我走之後，夫人便是這城的城主。」

「這……不妥吧？」

「有什麼不妥的？夫人妙計，大家都有目共睹，如今侯成、宋憲不在，城中無甚大將，只有權且委託給夫人，只堅守城池，羌人縱使有二十萬全來攻城，以夫人之智慧，必然也有辦法退敵。」

「夫君，我沒那麼優秀……」

「在我心中，夫人就是最優秀的。」

夫妻二人計議已定，太史慈便讓人去傳達命令，他自己將帳下軍官全部聚集在一起，將城池委託給田欣，讓部下將士全部聽命於田欣。軍官都沒有任何異議，因為都是太史慈舊部，對太史慈也是忠心耿耿，從無怨言。

當天，太史慈便帶走一半兵馬，南下隴西，去攻打隴西郡大夏城。

與此同時，一支一千人的部隊正秘密地在沿著漢水一線向上游走去。

漢水結冰足有三尺，冰面上十分的結實，漢水河兩邊都是崇山峻嶺，山地險要非常，若是平時行軍，即使是乘船逆流而上，水流湍急也相當困難。

不過，此時冰凍三尺，冰面厚到可以奔馳馬匹，給這支一千人的部隊帶來了極大的方便，既不用翻越崇山峻嶺，也不用逆流而上，但是，為了小心起見，這撥人還是白天休息，晚上行軍。

從西城到漢中，直線距離並不遠，可是漢水彎彎曲曲猶如盤蛇，卻讓這支部隊花去了不少時間。

漢水兩側一處陡峭的山壁裡，這支部隊正在休息。

不多時，卞喜便從山壁外面趕了過來，環顧四周，見沒有一個人，便扒開一個山洞，直接鑽了進去，裡面火光融融，溫暖異常。

卞喜進入山洞，來到高飛的面前，抱拳道：「啟稟皇上，臣已經探明，前面四十里便是漢中郡的成固城，離漢中郡城尚有百里之遙，抵達成固之後，可轉向沔水，經沔水一路行走，預計在兩天內能夠抵達南鄭。」

「嗯，辛苦了。如今我們帶的食物都已經吃完了，你看看能不能到前面的城裡弄些吃的？」高飛道。

卞喜嘿嘿笑道：「這個不成問題，臣聽聞這一帶有盜匪，皇上撥給臣一百人，臣在今夜天黑之前便會帶回食物來。」

「一起走吧，你來回奔跑，只怕太過勞累，一起去成固，然後你去城裡弄糧食。」高飛道。

「臣明白。」

「子龍，召集全軍，啟程。」

一直在高飛身邊沒有說話的趙雲聽後，道：「諾！」

隨後，一千名飛羽軍士兵準備妥當，沿著漢水方向行進。

及至中午時分，一行人抵達成固城外，但是要想攀爬上去，需要很大的功夫。畢竟成固城建在山坎上，依山傍險。但是對卞喜來說，這些不成問題。

卞喜使出看家本領，攀上峭壁，然後扔下繩索接應下面的士兵。

這些飛羽士兵都是從華夏軍各個部隊中精挑萬選的，所以攀岩起來亦是十分迅速，高飛和趙雲以及八百名部下則等候在那裡。

卞喜和一百飛羽軍將士扮成強盜模樣，成固縣城破舊，城內守兵少，見強盜來了，根本不去抵禦，拔腿就跑。

卞喜見狀，心中大喜，想這魏軍也是一群膿包，當下讓人進城去府庫搬運糧草。進入府庫後，眾人都吃了一驚，府庫裡竟然空空如也，什麼都沒有。

此時，外面傳來陣陣腳步聲，卞喜但見一員小將騎著馬匹，帶著數百軍士將府庫團團圍住。

「糟了，中計了。」卞喜見被重重包圍，心道不好。

此時，門外一員將軍模樣的人，身穿鎧甲，手持戰刀，頭頂熟銅盔，胯下騎著一匹黃驃馬，身後帶著六百步兵，將縣衙府庫大門團團圍住。

三百刀盾兵堵在第一線，三百弓箭手一致對準府庫，將府庫的門口圍得是水泄不通。

「哈哈哈……你們這些臭山賊，就知道你會來這裡，這次上了我的當吧？我看你們這回怎麼出來！」

騎在馬背上的人得意地說道，此人面色蠟黃，方面大口，下頷留著一撮山羊鬍，年紀大概三十多歲左右。

卞喜透過府庫的門縫看去，見前面六百人雖然不多，卻個個整齊，每個人的臉上都帶著殺意，騎馬的那個人身體健碩，手持一口長柄戰刀，看上去頗有幾分威武之姿。

「看來，他們是早就給山賊下好了套，專門等他們來劫掠，現在把我們當成真正的山賊了。」卞喜扭過頭，對部下說道。

「尚書大人，門外不過才六百魏軍，不如我們衝出去，將他們統統殺了！」一個屯長提議道。

「不！他們是六百人，不是六個人，很容易有漏網之魚。一旦有了漏網之魚，我軍秘密潛行的事就會敗露。」

卞喜雖然不是足智多謀之輩，但是多年的斥候經驗告訴他，這個時候不宜輕舉妄動，一旦打草驚蛇，那麼他們偷襲南鄭的計畫可能就會泡湯。

「尚書大人，那我們現在怎麼辦？」

「我們不出去，他們也別想攻進來，現在暫時無礙，先這樣僵持著，容我想想。」卞喜打量了一下門外的氣氛，說道。

府庫外面，騎在馬背上的人久等不見裡面的人出來，亦是感到很是納悶，但是如果強攻的話，也會受到不少損失。

這次他也是虛張聲勢，其實縣城裡的駐軍只有五十人，其他還有二三十名衙役，只因為屢次受到山賊襲擾，所以擅做主張，打開府庫，給城中百姓分發武器，組織了這支六百人的隊伍，城中其他百姓則是遷徙到別的地方。

這些人才訓練了一個月，根本就沒有上過戰場，如果真的交鋒的話，只怕會吃大虧。

他翻身下馬，衝裡面喊道：「我數十個數，然後你們走出來投降，交出兵刃，我絕對不會傷害你們的。」

卞喜聽後，回道：「我們憑什麼相信你？」

「我是本縣的縣令，我說話向來算話，你們可以去打聽打聽，我張猛從不騙人！」縣令張猛高聲喊道。

卞喜道：「兵不厭詐，除非你先讓部下放下兵器，然後我們再出來投降！」

「不可能！我怎麼能相信你們的話呢？」張猛也不是傻子，回道。

卞喜也不是真的有意投降，只是想拖延時間而已，府庫裡面，他帶來的一百名士兵正在四處尋找出口，看看有沒有什麼地方可以衝出去的。

「既然如此，我又憑什麼相信你說的話？自古官賊不兩立，我們不出去，你們也休想進來！」卞喜喊道。

第三章

尊卑會談

「論身分，皇帝陛下尊貴無比；論地位，你們也不如他，所以在禮節上，應該先行拜見尊貴之人，再說其他！」

張任沒想到法正竟然會這樣搗亂，這樣一來，本來是雙方主將平等會談，變成了另外一種方式的尊卑會談。

張猛氣得不輕，在原地走來走去的，將手中戰刀朝親兵手中一扔，急得像是熱鍋上的螞蟻。

突然，他看到府庫兩邊有些廢舊的木材，當下靈機一動，便對部下吩咐道：「你們各自帶著五十個人，繞到兩邊去，然後將那些木柴全部放在府庫的門口，澆上火油，放火將他們用煙熏出來。」

部下點點頭，當即分頭行事，一百名弓箭手便繞了過去。

卞喜看到魏兵有了動靜，但是不確定有什麼意圖，對部下道：「小心戒備。找到出口沒有？」

「尚書大人，一個出口都沒有找到，我們用鋼刀試了一遍，周圍都是巨大的岩石所堆砌而成的，還用特殊的黏土黏在一起，就算用刀砍，沒有一兩個時辰也砍不出一個出口來。」

卞喜道：「算了算了，都聚集過來，我看魏兵是想進攻了，大家做好準備，只要他們敢強攻，我們就先給魏軍一個下馬威。」

「好！」

兩撥人就這樣僵持著，過了沒多久，忽然從府庫兩邊拋來不少木材，一會兒便堆成一堆。

卞喜見狀，叫道：「不好，敵軍要用火攻……」

話剛說完，那邊火把便扔了過來，被澆上火油的木柴登時便燒著了，緊接著，兩邊又拋來不少雪球，朝燒著的火堆上砸，使得火勢變小，卻冒起了濃煙。恰好這時的風向正對著府庫的大門，一股股濃煙便竄進了府庫裡。

「狗日的，原來是想用煙來熏我們，大家捂住嘴巴和鼻子，都趴在地上。」卞喜急忙叫道。

府庫外面，張猛的臉上露出了笑容，繼續讓兩邊的人投上木柴。

不一會兒，便聽到裡面的人傳來陣陣的咳嗽聲，張猛哈哈大笑起來，喊道：「我看你們出不出來，不出來，老子就熏死你們！」

周圍的人也跟著一陣狂笑。

就在眾人狂笑不止的時候，府庫的門突然打開了，緊接著便從門裡射出二十多把飛刀，一瞬間，魏軍便有十幾個人喪命，全部腦門中了飛刀。

另有幾人是胳膊受傷，饒是如此，對於從未打過仗的尋常百姓來說，那種疼痛自是很難忍受，叫起了殺豬般的聲音。

「擋住，快用盾牌擋住！裡面有高人，單憑聲音就能辨別方向……」

張猛雖然是個縣令，但是出身不凡，他的父親是東漢的名將張奐，他是張奐

的老來子。不過，由於張奐和董卓有嫌隙，所以董卓占據涼州之後，便排除異己，張猛這才舉家遷徙到漢中來，並且隱姓埋名，直到董卓死後才恢復本姓。張猛雖然在成固縣當起縣令，但是他一直覺得很屈才，很想有一番作為。

卞喜等人用飛刀射了一通後，便立刻關上府庫的大門，於是兩軍開始僵持，卞喜命人在府庫高處較薄的地方挖開一個個小洞，好讓濃煙散出去。

高飛、趙雲在漢水久久不見卞喜等人回來，便讓人去看看怎麼回事。士兵一攀上高峰，便看到成固城裡冒起狼煙，忙對高飛道：「皇上，成固城裡冒出狼煙，會不會是卞尚書他們遇到危險了？」

高飛道：「全軍出動，不能讓自己人有什麼閃失。」

「諾！」

一聲令下，八百多人全部攀岩而上。

「娘的，這夥臭盜賊怎麼那麼能撐，都快半個時辰了，還沒熏死他們？」張猛罵道。

「大人，你看，煙都從府庫裡冒出來了。」

「狗日的，真聰明。去打水來，越多越好！」張猛道。

「打水？大人，這個時候打什麼水？」

「別問那麼多，每個人提一個桶，將泉眼裡冒出來的水全部打來！」張猛興奮地道。

「哦，是大人。」

張猛命令下達完，便露出詭異的笑容，說道：「看我這次不整死你們！」

山裡有座溫泉，正好在城池附近，過了一會兒，二百名士兵提著滿滿一桶水走了過來，問道：「大人，接下來幹啥？」

張猛嘿嘿一笑，對手下道：「將水灌到府庫裡去，府庫的地勢較低，活活的凍死他們！」

士兵們都誇讚張猛聰明，於是悄悄地溜了過去，將水倒進府庫裡。

「水！好多水啊！」飛羽軍有人發現異狀，趕忙喊道。

卞喜道：「奶奶的，不忍了，全部衝出去，殺他個片甲不留！」

「好！早就忍夠了。」大夥兒群情激奮地說道。

這時，外面傳來一陣轟雷般的響聲，緊接著一團火藥味傳了進來。

卞喜聞到這股味道，立刻知道是怎麼回事了，當即帶著大夥兒衝了出去。

誰知道，剛把府庫的大門打開，便見趙雲已經控制住了張猛，八百個飛羽軍

將張猛的部下團團圍住，高飛在人群簇擁下走了出來。

「皇……將軍……你怎麼來了。」卞喜收起兵刃，看到這些人在飛羽軍面前根本不堪一擊，訝異地道。

「我若再不來，你們難道還要一直躲下去嗎？」高飛指著張猛等人問道：「這是怎麼一回事？」

卞喜隨即將剛才和張猛對峙的事說了出來，高飛聽後，扭頭看了眼張猛，問道：「你是本縣的縣令？」

張猛也打量著高飛，見高飛穿著華貴，身分必定尊貴，而且卞喜又叫他將軍，狐疑地問道：「將軍可是虎衛軍的將領？」

「虎衛軍？呵呵，你猜錯了。」高飛笑著說道。

張猛不解地道：「那將軍是……」

「我們是華夏國的……」

「華夏國！」

張猛等人聽後，都覺得非常不可思議，華夏國的軍隊竟然悄無聲息的開到這裡來，這裡地勢險要，山高水險，這撥人真的如同天降。

高飛笑道：「你還真有辦法啊，能將我的人暫時困在這裡這麼久，可見你也不是什麼笨蛋。告訴我，你叫什麼名字？」

張猛不卑不亢地說道：「既然被你們抓了，我也無話可說，雁過留聲，人過留名，我正是本縣的縣令張猛。要殺要剮，請你們隨便處置。不過，在臨死前，我有一個小小的請求，對將軍來說，是易如反掌的事，但是對我來說，卻是難上加難，不知道將軍肯答應否？」

「你是將死之人，還敢跟我談條件？不過，我倒是很樂意聽一聽你有什麼請求，你講就是了！」高飛見張猛也是條漢子，便道。

張猛娓娓說道：「二十多天前，前面不遠的山上，不知道從哪裡來了一夥山賊，大概二三百人，經常滋擾附近百姓，這大山深處，百姓本來就不富裕，被他們這麼一鬧，百姓們更是苦不堪言。本來我手下有百餘名官兵，在抵抗山賊的時候被打死了一半，我也受了傷，沒辦法，只好暫時躲避他處，暗中在山中招募百姓，才訓練了這些人，重新奪回縣城。不過，他們都沒有打過仗，所以面對將軍這樣訓練有素的士兵，顯得不堪一擊，我想請求將軍幫我消滅這夥山賊，這樣，我死也瞑目了。」

高飛聽後，點點頭道：「沒想到，你還是個很不錯的縣令，知道為百姓謀福，不過，你洩露了我軍的動向，為了以防萬一，我只能殺了你。」

張猛的部下一聽高飛這麼說，立刻全體下跪，不住地向高飛叩頭，央求道：「將軍，求你不要殺縣令大人，縣令大人是個好人啊，如果要殺，就殺我們好了，我們願意代替縣令大人一死……」

「你們這是幹什麼？好死不如賴活著，螻蟻尚且貪生，何況人乎？我張猛一生默默無聞，雖然很期待上陣殺敵，可是卻往往事與願違，今日能夠死在華夏國將軍的手上，倒也不枉此生了。你們快起來，你們都有妻兒老小，我張猛孑然一身，無牽無掛，死不足惜，你們要是死了，妻兒老小靠誰去啊？」張猛忙阻止道。

「縣令大人……你若是死了，我們早晚也會被山賊殺死，不如與大人同去……」眾人跪在地上哭道。

趙雲見狀，走到高飛身邊說道：「皇將軍，這縣令很得人心啊，不宜殺之……」

高飛聞言，看了看周圍的人，道：「這樣吧，張縣令，只要你投靠我華夏國，就是我華夏國的人，我也就沒有理由殺你了，你覺得怎麼樣？」

「可以是可以，只是在投靠華夏國前，必須要剿滅那夥山賊，只有如此，我才能投靠華夏國。」張猛堅持道。

「這傢伙果然聰明，知道借助我的力量去剿滅山賊，不過，既然是為百姓謀福，姑且就幫他一下。」高飛對張猛的小算盤瞭若指掌，在心中暗道。

「你們都起來吧，只要你們都肯歸順我華夏國，從此以後就是我華夏國的子民了，那麼，為了表示出我們華夏國有能力保護你們，姑且就幫助你們消滅這夥山賊。張縣令，你可願意在前面帶路？」高飛道。

張猛道：「當然。」

於是，高飛留下六百人待在城裡，堵住縣城的兩個門口，只帶著趙雲、卞喜、張猛和四百名兵士去剿滅那夥山賊，張猛的部下則全部留在城裡，靜候命令。

其實，高飛是害怕這夥人逃跑了，萬一有人去通風報信，那他的計畫就糟了。留下來的人負責弄滅狼煙，看守城門。

張猛在前面帶路，高飛、趙雲、卞喜等人在後面跟著，一行人都是訓練有素，在山道上行走健步如飛，讓張猛見了很是咋舌。

行進了差不多五六里，便進入到一處險要的地段，張猛指著不遠處的山上說道：「山賊就在山上面，他們紮下一座營寨，大約有三百多人……」

「嗖！」

正在張猛說話時，前面山道的窄小道路上，突然從岩石後面冒出百餘名弓箭手，朝著高飛等人便是一陣亂射。

高飛見狀，急忙強按著張猛，將他拉到一塊岩石後面，其餘人也紛紛躲在岩石後面。

「有人受傷嗎？」高飛喊道。

「沒有！」

高飛道：「很好！」

張猛臉上露出痛苦之狀，齜牙咧嘴地罵道：「該死！我受傷了……」

高飛朝張猛看了過去，見張猛的背後插著一支箭矢，鮮血已經染透他的戰甲，便道：「張縣令，忍著點，等我們剿滅這夥山賊，就將箭頭從你體內取出來。」

張猛道：「不！現在就取，麻煩你幫我把箭矢拔掉！我不能讓這鐵傢伙在我體內生銹了。」

「現在就拔？」

「現在就拔！」

高飛搖搖頭道：「不行，我不能拿你性命開玩笑，你先忍著。」說著，高飛在口中吹了個響哨，一會兒，趙雲、卞喜傳來回音，悄悄地布置人力，掏出腰中的連弩。

這時，高飛取下張猛頭上戴的熟銅盔，道：「借你頭盔一用！」

只見高飛拔出腰中的佩劍，用劍挑著頭盔，慢慢地向上移動。頭盔剛剛露出來，立刻便有百餘支箭矢射了過來，十幾支箭矢直接射穿了頭盔。

「就是現在！」

高飛一聲令下，趙雲、卞喜各自帶著二百名飛羽軍端著連弩現身出來，朝山坡上的山賊便是一通亂射。

飛羽軍將士各個箭法精準，每人只發射一支弩箭，弩箭紛紛射中山賊的額頭、心窩、喉嚨等處，山坡上的弓箭手立即全部斃命。

高飛從岩石下站了起來，將頭盔丟在地上，笑道：「很抱歉，你的頭盔不結實，以後我送你一頂鋼盔。」

卞喜登上山坡，將山賊裹在外面的大衣拉開，露出全副的精良戰甲，可是這戰甲不是華夏軍的，也不是魏軍的，而是盤踞在蜀地的漢軍。

他急忙喊道：「將軍，快過來，這裡面有古怪……」

隨著卞喜的大叫，眾人全部圍了過去，高飛、趙雲看到鐵甲後，不禁互相對視了一眼。

張猛帶著箭傷走了過來，驚訝地道：「是蜀漢的士兵……難道這山賊是蜀漢的軍隊？難怪如此的悍勇……」

趙雲道：「皇將軍，看來這股山賊應該是蜀漢軍的一支，蜀漢滅亡後，流竄到此，便占山為王，落草為寇了。只是，不知道帶領這撥士兵的人是誰……」

「抓住一個活的……」一名飛羽軍士兵從一具屍體下揪起一個人來，喊道。

那人一臉的驚恐，剛才他見高飛用頭盔吸引眾人射箭的時候，這個人便裝死躲了起來，然而由於害怕，身體抖個不停，才被發現了。

高飛安撫這個士兵道：「你別害怕，只要你回答我的問題，我就不殺你。現在，我問你，你們的將軍是誰？」

「張……張任……」

「張任？」高飛嘿嘿笑道：「原來是他，這下可有得玩了。走，上山，務必要生擒張任！」

得知張任在山上落草為寇，高飛有點興奮，一邊走著，一邊對趙雲說道：「張任，你應該認識吧？」

「不認識。」趙雲答道。

「不認識？他不是你的大師兄嗎？」高飛驚訝地道。

趙雲狐疑地看著高飛，道：「皇將軍怎麼知道的比我還清楚？難道皇將軍認識我的師父？」

「哦，瞎猜的，那張繡你之前不是和他交過手嘛，他會百鳥朝鳳槍，你當時說這可能是你的師兄，對吧？」

「嗯，百鳥朝鳳槍是我師父的平生絕技，我拜師晚，是我師父的關門弟子，只聽說我師父前面收過兩個徒弟，至於是誰，師父沒向我說過。張繡當時使出百鳥朝鳳槍，我就知道是我師兄了，只是誰是大師兄，我也沒機會問。」

「一會兒見到張任，你就明白了，張任就是你的大師兄，這是……是卞尚書以前打探到的消息，是吧，卞尚書……」高飛突然扭頭道。

卞喜雖然不知道高飛在說什麼，但是他反應很快，曉得高飛這是在拿自己當擋箭牌，便順著高飛的口氣道：「是啊，是啊。」

趙雲聽了道：「既然如此，一會兒我可要拜會一下這位師兄了。」

高飛見趙雲的目光中充滿了鬥志，想道：「子龍武藝卓絕，看子龍和人決鬥，倒是一大樂趣……」

「前面還有多遠?」高飛問被抓獲的那個俘虜。

「不遠了，路上設下了許多陷阱，我帶你們避開這些陷阱，否則，即使有幾千人來攻打，也不一定能夠抵達山上。你別看兩邊白雪茫茫的，其實下面什麼都沒有，人只要一不小心踩上去，就會立刻墜入懸崖，這是一段險路。」被擒獲的那個士兵說道。

「有勞你了，事成之後，封你當個縣尉。」

「那真是太感謝了，沒想到華夏國的人會跑到這裡來，真是出乎意料啊。」士兵現在也不害怕了，知道高飛等人是華夏國的，他帶著他們上山，肯定好處不少。

「嗯，我也想不到張任會落草為寇，而且還在這裡。」高飛道。

「這位將軍，你有所不知，魏軍兵圍成都，我們陛下害怕，因此不戰而降，本來我們鎮北將軍是想率部抵禦的，以成都城之堅固，城內糧秣充足，況且尚有五萬大軍，足可堅持一年以上，可是陛下被張松勸說了一番，就主動放棄抵抗了，各地勤王之師還在途中，不等到來，陛下就開城投降，下令全部歸順魏軍，我們將軍一怒之下，帶著我們這幾百個不願意投降魏國的人鑽進山嶺，輾轉來到這漢中郡的成固城，才找到了一個棲身之所。」

張猛聽後，怒道：「可是你們也不該隨意殺害百姓啊，百姓和你們可無冤無仇啊，你們搶我的糧食，還任意殺戮，這種行徑早已經和山賊無疑！」

「那你們魏軍屠殺我們梓潼數萬百姓，又作何解釋？你們漢中郡百姓是百姓，我們蜀郡百姓就不是百姓了嗎？」

士兵對張猛的敵意很大，一聽張猛的話，立刻反駁道。這會兒，士兵倒也不怕死了，反而顯得很有膽量。

張猛被這士兵問得啞口無言，不再說話了。

「小夥子，蜀地山高險阻，有道是**蜀道難，難於上青天**，為什麼魏軍會這麼輕易的便攻克了蜀地？那葭萌關不是號稱一夫當關萬夫莫開的雄關嗎？還有劍閣、涪水二關，這些可都是保衛成都的重關，怎麼可能會那麼容易被攻克呢？」高飛提出一連串的問題。

士兵答道：「這位將軍，你有所不知，魏軍裡來了一個叫鳳雛的年輕人，他帶著一千魏軍，一夜之間殺到了葭萌關下，聲稱是前來投降的，守將信以為真，便接納了他們，誰知道當夜就在關城中發生了兵變，斬首了守將，奪取了葭萌關。之後，那個叫鳳雛的又用離間計和調虎離山計還有聲東擊西計，把葭萌關周圍的兵馬都給吸引了過去，他卻暗中指使魏軍假扮我軍，占據了各處險要，後來

曹操大軍一到，便將我軍合圍在中間，許多士兵被迫投降。自那以後，鳳雛帶領一支大軍，一路高奏凱歌，連我們將軍都被他弄得團團轉，節節敗退……」

士兵激動地講述著鳳雛是如何幫助魏軍奪下蜀地的，不知不覺，便到了離山寨不遠的地方了。

眾人隱匿起來，高飛拉著那個士兵問道：「裡面還有多少人？」

「不多，就剩下二百多人了。這位將軍，你當真不殺我們將軍嗎？」士兵疑心道。

「不騙你，說不殺你們將軍，就不殺你們將軍，我只要他投降。你也知道，我們華夏國和魏國是仇敵，既然你們將軍對曹操有仇，何不和我們聯合，共同對付曹操呢？小夥子，你老實跟我說，你當真只是一個士兵？」

高飛抓著士兵的手腕，雙目炯炯有神地望著那個士兵，質疑道。

那士兵聞言道：「我確實是個士兵，將軍不信嗎？」

「呵呵，一個士兵竟然能夠瞭解如此多的事，又能將鳳雛的計策說得如此清楚，你覺得我會信嗎？」

高飛仔細端詳著士兵，見士兵眉清目秀，手也十分細嫩，根本不像是個整天舞槍弄棒的人的手，便道：「你的手如此嫩滑，如果真是訓練有素的士兵，手掌一定會有繭子，你老實告訴我，你姓甚名誰？也許，我會向我國皇上舉薦你也說不定呢。」

那士兵呵呵笑道：「將軍果真好眼力，看來想瞞將軍是不可能的了，我確實是個士兵，只不過是個鬱鬱不得志的士兵而已。在下**姓法，名正，字孝直**，右扶風郿縣人士。」

高飛聽後，笑道：「呵呵，沒想到這個小地方倒是藏龍臥虎啊，先有張任，現在又來了一個法孝直，看來我這次還真是來對了。」

他鬆開了法正，問道：「說吧，你是不是想將我騙上山，然後再伏擊我？」

法正說道：「本來是這樣想的，不過嘛，現在我改主意了。將軍一身貴氣，談吐不凡，更兼威風凜凜，看來並非只是將軍那麼簡單。我斗膽的問一下，將軍到底是何人？」

「高飛，字子羽。」

法正當下一陣驚慌，大吃一驚，沒想到堂堂的一國皇帝，竟然會坐在他的面前。

他立刻跪在地上拜道：「法孝直叩見皇帝陛下，請恕孝直有眼無珠，沒有認出陛下。」

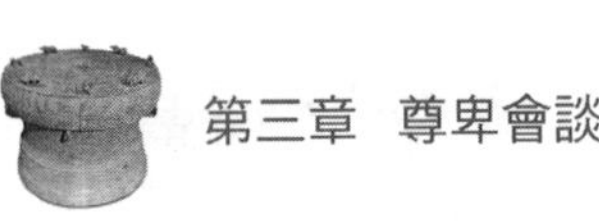

張猛在一旁聽了，狐疑地道：「你是……皇帝？」

高飛點點頭。

張猛也急忙拜道：「叩見陛下！」

高飛將法正、張猛扶了起來，說道：「你們這樣拜我，我是不是可以認為，你們都已經降服於我了？」

法正、張猛對視一眼，相視而笑。

高飛道：「很好，只是現在不是說這些的時候，先要將張任拿下才對。」

法正道：「陛下，這個任務就交給我吧，我去勸降張將軍，陛下在此稍候，我去去便回。」說著，便朝山寨裡走去。

趙雲、卞喜聚集過來，道：「陛下，放他去，不會有什麼問題吧？」

「應該不會，這些人都是流亡在外的，暫時沒有去處，算是散兵游勇，現在我們把他們給招募過來，正好可以增強我軍的實力。況且，法孝直也是個智謀之士，更是個識時務並且擅於擇主而事的良臣。」高飛讚譽道。

法正上了山，很快便進入大寨。

此時，張任正在大廳裡坐著，周圍排開十餘名部將，忽然見法正進來，張任便站了起來，喝道：「孝直！你幹的好事！」

法正看諸位蜀漢的遺臣臉上都有怒色，便道：「諸位可是在埋怨我帶人上山嗎？」

張任道：「除了這件事，還能有什麼事？」

「呵呵，將軍請息怒，孝直只不過是被貶充軍的人，哪裡有那麼大的能耐。不過，諸位可知道我帶來的是誰嗎？」法正掃視眾人道。

「誰？」

「是華夏國的皇帝陛下！」

「呵！你就胡說吧，皇帝有福不享，怎麼可能會跑到這個山溝裡來？」坐在張任左手第一位的漢子說道。

張任倒不這樣認為，狐疑地看了看法正，道：「你說的都是真的？」

「自然是真的！」

「啪！」張任開心地拍了一下大腿，笑道：「實在是太好了，抓了華夏國的皇帝，就可以用他換取幾座城池，然後招兵買馬，再去和曹操老賊決一死戰！」

法孝直笑道：「張將軍，你太天真了，想抓高飛，哪有那麼容易？你沒有注意到我是一個人回來的嗎？因為和我一起去的人都死光了，如果不是我躲

得快，估計你們也見不到我了。高飛的部下，只一個回合便將那百餘號人全部解決了。」

張任不信地道：「你不要危言聳聽，你不過是陛下貶謫到我軍中的一個小兵，如果上次不是我救了你，你早死了。」

法正笑道：「正因為如此，所以這次我要救將軍一命，一命換一命，以後各不相欠。」

張任聽了道：「哦？願聞其詳。」

法正清了清嗓子，道：「陛下下令全軍投降魏軍，將軍卻寧願落草為寇，也不願意投降魏軍，其中必有緣由，我想，大概是將軍對曹操屠殺梓潼數萬無辜百姓感到不滿吧？」

張任哼了聲，道：「曹操老匹夫就喜歡搞屠城，當年為父報仇，屠戮徐州數十萬百姓，現在雖然只屠殺梓潼數萬，但是為人殘暴不仁，我張任身為蜀中之人，應該為蜀地枉死的百姓報仇，所以，我寧願落草為寇，也不願意投降曹操。」

「嗯，將軍氣節高尚，令我佩服之至。」

說到這裡，法正轉身看了一眼其他人，問道：「我想，這也是你們為什麼跟著將軍的原因吧？」

周圍坐著的全是巴蜀一代的將軍，分別是楊懷、高沛、劉璝、泠苞、鄧賢等人，皆是張任舊部。眾人聽完法正的話，便道：「我等追隨將軍，只為義氣。」

法正點點頭，道：「嗯，想想也是。不過，現在有個機會擺在你們的面前，華夏國向來和魏國是敵對國，現在又出兵攻占了秦州和涼州，奪了魏國的舊地。也就是說，只要再攻下漢中，那麼魏國就只剩下巴蜀一隅了。魏軍剛剛占領蜀地不久，只要華夏軍舉兵進犯巴蜀，巴蜀之民必定紛紛響應，則巴蜀一隅便唾手可得，而曹操老賊也勢必會被驅逐出境。我現在已經歸順了華夏國，以我這個小小的士兵，華夏國的皇帝還封我為諫議大夫，諸位都是蜀中名將，若是此時歸順了華夏國，皇帝陛下必然會多多封賞，畢竟日後滅魏，還要多多仰仗諸位。」

眾人聽後，都是面面相覷，法正的話頗具誘惑力。這些人躲在這裡，無非就是想慢慢地發展，然後和曹操相抗衡。如果真有一個機會，又能帶兵打仗，還有高官厚祿，這些人自然會有所動搖。

「孝直，你說的都是真的？」劉璝率先問道。

法正道：「我騙你們幹什麼？信不信由你，即使你們現在不投降，只怕一會

兒華夏軍攻過來，又有不少人死亡。聽說這支軍隊就是縱橫天下的飛羽軍，是皇帝陛下身邊的嫡系部隊，從高飛身為陳倉侯開始便一直跟隨在身邊，南征北戰，東伐西討，立下了赫赫戰功。每個人無不以一當百。這可不是我危言聳聽，而是我親眼所見，只一瞬間，便將守護在山道兩邊的弓箭手全部射殺了。」

劉璝道：「這支軍隊我自然知道，只是幾年來已經銷聲匿跡了，想必是在高飛身邊護衛，今天高飛竟然親至，那自然要帶著那撥士兵……」

說到這裡，劉璝轉身對張任說道：「將軍，你說我們該當如何？」

張任環視一圈，見眾人人心浮動，似乎都想投降華夏國。他想了想，道：「孝直，你可願意替我約見高飛一次？」

「這個不難，只是……將軍若是不降的話，我也沒有臉去見他啊。」

張任道：「你只管去告訴高飛，就說我張任在投降之前，想問他一件事，問清楚了，我就會投降。」

法正道：「好吧，那我就勉為其難再走一遭。」說著，轉身便走了出去。

法正走後，張任臉上便露出陰險的神色，道：「這個吃裡扒外的東西！你們都過來，一會兒見了高飛，你們只需……」

眾人聽後，臉上都是一驚，齊聲道：「將軍！這樣不妥吧？」

「怎麼？難道你們忘記了當初上山所立下的誓言了嗎？」張任喝道。

「將軍吩咐便是，我等照做。」楊懷、高沛抱拳道。

緊接著，其他人也一起說道：「但憑將軍差遣。」

法正回來後，立即面見高飛，嘆了聲道：「陛下，微臣無能，未能成功說服張任來降。」

高飛本來對法正是滿懷希望的，聞言道：「無妨，張任倒是有幾分骨氣，如果憑你一言便能勸降，就算要了他也無甚大用。」

法正道：「陛下，張任讓我給陛下帶話，他想約陛下會面，說有一件很重要的事，需要當面問清楚，問明白了，他就會投降。」

「哦？張任果真是這樣說的？他想問的是什麼？」高飛道。

「這個我也不清楚，不過，我覺得張任不會如此輕易投降，很可能只是詐降之計，想擒獲陛下，然後要脅華夏國割讓出幾塊地方。如果我沒猜錯的話，他肯定是想要秦州和涼州。」法正分析道。

高飛笑道：「孝直啊，既然你說出這番話，就說明你有破解張繡計策的辦法，不妨說說看。」

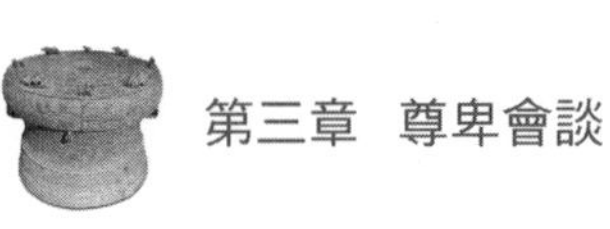

法正道：「陛下英明。張任等人從未見過陛下，陛下可找人假扮，冒充陛下，然後由這位趙將軍在身邊護衛，即使有危險，也是衝著假扮陛下的人去的，然後將計就計，將張任擒住，逼迫他的部下投降。」

「妙計！」

於是，高飛挑選了一個身材和他差不多的人，又將衣服換了，和趙雲、卞喜等人一起，保護著假扮自己的人出席。

為了以防萬一，高飛讓假扮的人穿了兩層鎧甲，外面還罩著一個大紅披風。

準備好後，法正便又去山寨，和張任約好地點。

不多時，張任帶著楊懷、高沛、劉璝、泠苞、鄧賢從寨門裡走了出來，法正在前面帶路，來到一塊巴掌大的平地上。

高飛讓假扮自己的人走在前面，他和趙雲、卞喜以及另外兩名飛羽軍的軍司馬跟在後面。

兩下碰面，張任打量了一下「高飛」，看到「高飛」身後的五個人，氣勢十分逼人，簡直比他們有過之而無不及。

法正作為中間人，見兩撥人都到齊了，便道：「好了，現在人都到齊了，先說規矩，兩軍交戰，不殺來使，我算是兩軍的使者，所以，一旦發生口角，或是因為意見不合而大打出手時，你們不能殺我。」

「貪生怕死！」

「無膽匪類！」

張任身後的幾個將軍鄙視地罵道。

法正道：「嗯，不錯不錯，罵我可以，殺我就不行了，現在我繼續說規矩……」

這時，法正的身子移到華夏軍這邊，指著「高飛」說道：「這位就是華夏國的神州大皇帝陛下，論身分，皇帝陛下尊貴無比；論地位，你們也不如他，所以，在禮節上，應該先行拜見尊貴之人，再說其他！」

張任皺起眉頭，沒想到法正竟然會這樣搗亂，這樣一來，本來是雙方主將平等會談，變成了另外一種方式的尊卑會談。

他又瞅了瞅「高飛」身後的五個人，個個都面色鐵青，神情冷峻，看上去也不是一般角色。側臉看了一下自己的左右，不知道自己的部下能不能抵擋住這些人。

「張將軍，你東張西望的幹什麼呢？先拜見皇帝陛下，然後再進行談話。你不要以為男兒膝下有黃金什麼的，現在你的山寨被包圍住了，陛下只要一下令，你的山寨便會頃刻間瓦解。張將軍，你請看那邊……」

張任順著法正手指的方向看了過去，但見一個華夏軍士兵手裡拿著一包不知道什麼東西，然後用火把一點，便立刻跑到很遠的地方，他聽到嗤嗤的聲音，緊接著「轟」的一聲巨響，周圍的石屑亂飛，那麼大的一尊大石，愣是被炸得四分五裂，驚得山林中的鳥雀齊飛，虎嘯猿啼。

「這……這是什麼？」劉璝瞪大了眼睛，驚訝地說道：「居然這麼厲害？」

法正笑道：「這就是華夏國一會兒準備用來攻打營寨的秘密武器，張將軍，你就那麼一點人，請問能有多少可以夠這樣的武器轟炸？所以，你還是跪下叩頭吧，就算不跪拜，也該鞠個躬，表示一下你的誠意吧？」

張任一臉的窘迫，沒想到被法正給算計了，見身後的將軍都心有餘悸，便勉為其難，一起朝著「高飛」抱拳拜道：「參見陛下！」

就在這時，高飛、趙雲、卞喜等人立刻動手，直接將這幾位低著頭的人給制服住。

倒是張任那裡出了點小問題，假扮高飛的人去擒拿張任，張任反應太過，直接反過來將假扮高飛的人給拿住，同時抽出匕首，架在他的脖子上，對高飛等人喊道：「都放開我的部下，不然我就割破你們皇帝陛下的喉嚨！」

高飛、趙雲、卞喜等人見狀，都笑了起來，法正也早已跑到一邊，似乎對張任手中挾持的「高飛」很不以為然。

張任見狀，不禁皺起眉頭，見法正一臉的邪笑，才發覺自己上當了。

這時，高飛對張任道：「放開他，我才是真正的高飛，你要是不放的話，那咱們就以一命抵五命，你只要敢殺他，我就把這幾人一起殺死。」

張任見楊懷五人眼裡都透著哀求之色，在高飛的威脅下，只好無可奈何地將假高飛給放了。

高飛滿意地道：「很好，張將軍，你不是有話要和我說嗎？現在請說吧。」

張任失去了先機，華夏軍手持連弩立即圍了上來，將他團團圍住。

高飛見張任不說話，喊話道：「張將軍，我們沒有必要把事情弄得這麼複雜吧？我們有著共同的敵人，那就是曹操。所以，我們有可以坐下來談判的空間。我現在只問你一句話，你到底是降還是不降？張將軍，請你想清楚再回答！」

張任心裡很是糾結，按照他的計畫，他應該將高飛拿下，然後要脅高飛的部下，割讓秦州、涼州，然後徵召兵馬，和曹操繼續抗衡，可是現在，完全已經亂套了，變成高飛拿楊懷、高沛、劉璝、泠苞、鄧賢五人的性命來要脅自己。

這五個人，有的是他的舊部，有的是他的朋友和患難與共的兄弟，讓他眼睜睜地看著他們去死，確實有些太殘忍了。

他看到楊懷、高沛、劉璝、泠苞、鄧賢等人眼神中流露出來的期待，最後終於屈膝下跪，向高飛拜道：「吾皇萬歲，張任願意從此以後效忠華夏國，若有二心，天打五雷轟，死後不得超生！」

楊懷、高沛、劉璝、泠苞、鄧賢見到張任這一舉動後，心裡面的一塊巨石總算落下來了。

他們不是貪生怕死之輩，但都認為，就這樣死了實在太不值得了，曹操屠城，五萬梓潼百姓慘遭殺害，其中還有一些人是他們的親友，這仇不報，他們死不瞑目。

高飛鬆開鄧賢，朝趙雲、卞喜等人使了個眼色，眾人亦鬆開五人，於是，楊懷、高沛、劉璝、泠苞、鄧賢一起跪在地上，高聲喊道：「我等皆願意投降華夏國，為陛下效忠。」

法正見狀，便走了過來，一臉的笑意。

高飛對他們幾個說道：「你們要感謝法孝直，如果不是他，你們只怕全都要人頭落地了。」

張任六人都是一臉的羞愧，對張任來說，心裡更是氣悶得很，想道：「**老子玩了一輩子鷹，沒想到今天竟被鷹啄了眼**，這法正看上去貪生怕死、浪蕩不羈，實則是個足智多謀之士。如果不是因為出言不遜頂撞了陛下，被陛下貶謫到我的軍中充軍，只怕以他的智謀，肯定能夠抵擋魏軍一陣……哎！蜀漢大勢已去，何必再糾纏這些……」

高飛親自將張任六人扶起，然後一同進入山寨裡面。

張任讓人備上薄酒和野味，款待高飛、趙雲、卞喜等人，親自給高飛倒了一杯酒，說道：「此地窮鄉僻野，無甚美酒，還請陛下不要嫌棄……」

「等等……這酒是你從我的縣衙裡奪來的……」

張猛此時背上的箭矢已經截斷了一部分，只是箭頭還在體內，不過他也不覺得痛，看到張任拿的酒很是熟悉，忍不住叫了出來。

「是又怎麼地？你能奈我何？」張任怒視了張猛一眼，沒想到張猛也會跟著高飛一起來了。

「你仗著人多，搶走了我的酒，還殺了我五十多個兄弟，這筆賬我先記下了，等以後再慢慢跟你算！」

張猛礙著高飛在座，不敢發火，何況他現在身上受了好幾處傷，要是和張任

打鬥起來，必然會吃虧。

「現在大家都是一殿之臣，要算帳的話，就早點算，我看這樣吧，反正你們也是不打不相識，不如就此大事化小，小事化了，你們兩個結為兄弟，以後共同效力於陛下身邊，豈不是很好？」法正出來打圓場。

「孝直的提議深得我心，這樣吧，朕做東，就令你們兩個義結金蘭，正好你們兩個都姓張，五百年前是一家嘛，兄弟鬩於牆外禦其侮，想必這個道理你們應該懂得。來來來，說拜就拜……」高飛哈哈笑了起來。

張任、張猛皆沒想到事情會是如此轉折，兩人狠狠地剜了法正一眼，這主意真是餿到家了，但是礙於高飛用皇帝的身分壓著，兩人雖然心中並不願意，也只好強忍著，當即報了年齡，草草結拜了事。

結拜後，張任為兄，張猛為弟，高飛還逼著他們喝下了換血酒，結拜儀式才算完事。

這邊結拜完，那邊高飛便讓張任表演槍法。張任心有不平，不願表演。

趙雲道：「久聞張將軍號稱**巴蜀槍祖**，在下趙子龍，也擅長使用長槍，想向張將軍討教幾招，不知道張將軍意下如何？」

眾人聽到趙雲自報姓名，都為之一震，不想威震天下的華夏國五虎大將軍之首趙雲竟然也在其間。

張任打量了趙雲一下，頗有英雄惜英雄的味道，加上楊懷、高沛、劉璝、泠苞、鄧賢等人都叫囂著，便在哄抬聲中和趙雲比試武藝。

兩人出了大廳，在外面擺開架勢，當即各自使出看家本領，雙槍並走，點到即止，雙方人馬都過來圍觀。

這一比試，趙雲方知張任確實會用百鳥朝鳳槍，心中一喜，隨即也用起了百鳥朝鳳槍。

張任見趙雲會用百鳥朝鳳槍，十分訝異，一邊和趙雲打鬥，一邊問道：「你這百鳥朝鳳槍從何學來？」

趙雲笑答：「師承河北槍神。」

「你也是童淵的弟子？」張任驚詫道。

「家師晚年才收我，是為關門弟子。」

張任哈哈笑了起來，一掃前面所有的晦氣，見到自己同門師兄弟自然開心，更沒想到的是，自己的小師弟是名動天下的人物。

兩人的對決，引來陣陣叫好之聲，看得圍觀的人皆是熱血澎湃，對兩人師承同一名師雖然有些意外，卻也替兩人感到欣慰。

兩人比試了三十招後，各自收招，不再比試，擁抱在一起，顯得是那麼的開心。

此時此刻，張任的腦海中想著另外一個人：「不知道號稱北地槍王的二師弟現在身在何處，如果三個人能夠全部彙集在一起，家師泉下有知，必定欣慰異常。」

隨後，高飛、趙雲、卞喜、法正、張猛、張任、楊懷、高沛、劉璝、泠苞、鄧賢等人連同山寨的人全部下山，回到成固城，張任歸還了搶來的糧食和酒水，張猛讓人上山叫來百姓，一行人在成固城裡其樂融融。

傍晚時分，高飛聚集眾人申明來意，談及想偷襲南鄭，眾人紛紛表示願意效勞。高飛環視一圈，很是開心。

法正獻策道：「陛下，我有一計，可直接拿下漢中郡。」

高飛道：「孝直請講。」

法正道：「張猛乃本縣縣令，我等皆可化裝成魏軍，一路跟隨張縣令去南鄭，漢中郡的兵馬全部屯駐在南鄭和各處險要關隘，其餘各縣少之又少，我等沿途便可收取各縣，陛下繼續帶著飛羽軍從漢水轉沔水，到時候我們先混進南鄭城，然後來個裡應外合，則南鄭城可一舉攻克，之後再如法炮製，收取各處緊要關隘，則漢中盡為我華夏國所有。」

高飛聽後，覺得這計策不錯，便道：「今夜暫且休息，明日一早，兵分兩路，直取南鄭！」

第四章

故布疑陣

龐德道：「如果退到老鴉關，我們就有充足的時間做準備，對吧？」

「對！」

龐德笑道：「那好，全軍集結，後撤三十里，兵退老鴉關。」

一聲令下，全軍全部撤出枹罕城。為了防止羌人追擊，龐德故布疑陣，並未撤去大旗。

涼州，隴西。

張繡率部抵達隴西郡郡城狄道，夏侯淵帶領諸將親自迎接，表現出從未有過的喜悅。

張繡的一萬兵馬到來，無疑又給魏軍增加了不少實力。作為魏軍，自然是高興的。可是作為羌王來說，未免有些失落。

張繡剛到不久，夏侯淵便接到一連串的壞消息，先是龐德率軍攻占了枹罕，緊接著太史慈攻占了大夏城，隨後又是馬超、王雙分別占據了烏鼠洞穴山和白石山。

夏侯淵急忙打開地圖，看了以後，心知不妙，便對徐庶說道：「華夏軍行動迅速，分別占據了險要之地，是想將我們鉗制在這裡，現在我們該如何做？」

徐庶捋了捋下頷上的鬍鬚，目光中透著一股自信的光芒，說道：「正如我估算的那樣，此時正是削弱羌人實力和華夏軍實力的一個大好機會。將軍在此稍歇，我去找徹里吉，讓他出兵攻打華夏軍。」

夏侯淵道：「徹里吉會出兵嗎？」

「嘿嘿，我自有辦法讓他出兵，將軍無需操心。」說完，徐庶便迅速的離開了。

狄道城裡。

羌王徹里吉將迷當喚到身旁，正在詢問張繡兵馬的情況，便見徐庶從外面走來，兩個人當即全部站了起來，徹里吉更是熱情的去迎接徐庶。

「徐大人，您可是貴客啊，今天怎麼有閒心來這裡找我啊？」徹里吉將徐庶迎入了房間，笑呵呵地說道。

「大王不知道嗎？」徐庶一坐下，臉上便立刻顯出緊張的神情道。

「我知道什麼？」徹里吉一臉的困惑。

「哎呀！」徐庶猛地拍了下大腿，站起來走到徹里吉身邊，說道：「大王，華夏軍這兩天又有新的動向了，龐德攻占了枹罕，太史慈攻占大夏城，馬超占領白石山，王雙屯兵在烏鼠洞穴山，是想將我們全部包圍在這裡啊。」

「哦，那夏侯將軍的意思呢？」徹里吉問。

徐庶道：「當然是反攻了！夏侯將軍準備親率大軍去和馬超、王雙決戰，不過，希望大王能夠去攻打大夏和枹罕。尤其是枹罕，此地險要異常，更是連接隴西和羌族部落的要道，也是大王運送糧草的必經之地，如果不搶奪回來，只怕會釀成大禍害。」

徹里吉故作驚訝地道：「那不行，我必須把枹罕給奪回來才行，大人且回去轉告夏侯將軍，我即刻出兵，我就不信，小小的枹罕，我二十萬大軍還攻不下來。」

徐庶道：「嗯，大王的意思我會轉達的，那我現在就回去轉告夏侯將軍。」

「徐大人，有件事還要請徐大人幫忙，我大軍來的太過倉促，未曾攜帶太多糧草，從這裡到枹罕，一路上也是路途難走，而華夏軍占領了枹罕，切斷了我的補給線，運送糧草的隊伍過不來，我們就沒吃的，我們現在的糧草只夠維持一日的，想找徐大人借些糧草。」徹里吉一臉哀怨地說道。

徐庶聽後，心中暗想道：「這隻老狐狸，居然在這裡等著我……」

他皺起眉頭，露出一臉的難色，道：「大王，本來您的提議我應該照做的，可是你也知道，我們涼州的錢糧都囤積在冀城，現在冀城被華夏軍占領了，狄道城裡也只有些許糧草，恐怕連半個月都維持不了，大王二十萬大軍對我們來說，確實是一個不小的數目，就算是將整個狄道城翻個底朝天，也勉強夠維持五天的口糧……」

「哦，既然如此，那我也不強人所難，大不了殺馬充饑便是……」

徹里吉見沒有討到便宜，大吐苦水道：「我可以理解，只怕我手下的那些部族首領理解不了，他們千辛萬苦的來，為的是什麼？還不是為了幫你們魏人擊退敵軍嘛，我們一不圖財，二不圖勢，只是為了一時的道義，所以毫無條件的前來援助，這叫我該怎麼向部下解釋呢……」

「大王，還解釋什麼啊，我們吃力不討好，替別人打仗，又不是我們自己打仗，大不了打下枹罕，我們撤軍回羌，華夏軍肯定暫時不敢對我們下手，事不關己，何必多操心？」迷當適時的插話道。

徐庶聽後，心中想道：「老狐狸果然不簡單，教出來的小狐狸都會看眼色行事了，看來還真的得拿出一些糧草來送給他們當做見面禮才行……」

想到這裡，徐庶道：「大王，這樣吧，多餘的糧草我們也拿不出來，最多只能抽出一天口糧，以大王的大軍攻打一個小小的枹罕，應該不到半天就能攻下來吧？」

「一個時辰便能攻下！」迷當突然插話，以炫耀自己羌人的厲害。

哪知道，迷當這句話剛落下，便遭來徹里吉的一陣白眼，狠狠地剜了迷當一下。迷當見狀，低頭不再言語。

徐庶呵呵笑道：「如此最好，那我們便支持大王一日口糧，從這裡到枹罕，騎兵行進差不多要一天，就算大王以疲憊之師攻城，也必然能夠很快攻下枹罕，這樣不知道大王意下如何？」

徹里吉道：「那有勞徐大人了。」

徐庶道：「無妨，都是盟友嘛，如果這裡是冀城的話，別說一日，就是十日、百日都能支持，可惜這裡是狄道，城中存糧有限，還請大王多多包涵。」

徹里吉道：「有徐大人這份心就夠了。」

徐庶抱拳道：「那我先去給大王準備糧草了，大王可集結兵馬，我一會兒差人送來便是。告辭。」

「不送。」

看著徐庶離去的背影，徹里吉的笑容立即消失，陰著臉，怒視迷當一眼，怨恨地道：「以後沒事別亂插嘴！本來能夠多要魏軍一些存糧的，也好減少魏軍的實力，就因為你剛才的那句話破功。一個時辰？你倒是好大的口氣，枹罕地處險要，易守難攻，你一個時辰能把枹罕給攻下來，這個羌王我讓給你做！」

迷當臉上一陣羞愧，他本來是想誇耀羌人的厲害，哪知道卻壞了徹里吉的好事。

按照徹里吉的想法，應該先向徐庶說明攻打枹罕的難處，再說自己的兵馬長途跋涉，人困馬乏之類的，總之就是想法設法的讓徐庶相信自己的部隊是弱小的，不堪一擊的，從而謀取更多的糧草，一步步減少魏軍的戰鬥力。

可是，這樣完美的計畫，卻因為迷當的一句話完全泡湯了，才弄到一日之糧，像是得到施捨一樣。

「大王，我知錯了，請大王責罰！」迷當行禮道。

「算了算了，你也是無心之失。你即刻去傳令，號召全軍，全部朝枹罕方向前進，一個兵都不要留在狄道。」徹里吉道。

迷當不解問道：「大王，一個兵都不留？枹罕雖然易守難攻，可是也用不了二十萬的大軍啊？」

「你懂個屁！誰告訴你本王要去攻打枹罕了？枹罕那麼難打，你一天能吃下？交給後續到來的鐵車兵吧，有徹里祥指揮鐵車兵，枹罕根本堅持不了多久。枹罕、大夏，都要被我們占領，既然要開戰，就要給華夏軍一些苦頭吃吃。」徹里吉嘿嘿陰笑道。

迷當確實不懂，雖然知道徹里吉之弟徹里祥帶領鐵車兵在後面，但是對於徹里吉的計畫還是不解，問道：「大王，那咱們不去攻打枹罕，為什麼還要往枹罕方向去？」

「這叫**聲東擊西**，漢人有漢人的好處，至少**孫子兵法**就是一部很好的書，以

後咱們要多像漢人學學，用漢人的方法，我們也可以自己當皇帝，而這個時候，正是我們羌人一舉崛起的時候。懂嗎？」

「懂了，我這就去安排。」迷當笑道。

徐庶回到太守府，會見夏侯淵，將徹里吉出兵的事告訴夏侯淵，卻將送給徹里吉一日之糧的事情隱瞞了下來。這件事如果和夏侯淵說，只怕以夏侯淵的那個脾氣，不找事才怪。

「軍師，那現在我們該怎麼辦？」夏侯淵問道。

「去攻打馬超和王雙，然後伏擊他們。」

「那帶多少兵馬？」夏侯淵問道。

「除了張繡所部，其餘全部帶走。」

「張繡可是一員大將，如何不帶？」夏侯淵問道。

「馬超是張繡舊主，我擔心張繡見到馬超會下不了手，如果馬超和張繡會面了，再勸說他歸順華夏國，那我們豈不是得不償失？所以，留張繡守城即可，給他們留下十天糧草，我們帶走所有的糧草，就算張繡果真反叛了也無所謂，占領了狄道城對我們也沒什麼損失。我們的目標是冀城，奪取冀城才是最為關鍵之事，那裡面可有我們的存糧，有了那些糧草，我們才可以在涼州繼續立足，即使鑽入山中和華夏軍持久作戰，也是可以的。」徐庶分析道。

夏侯淵聽後，嘿嘿笑道：「軍師妙計，那就依照軍師之計行進。」

二人商議已定，便立即下達命令，留下張繡守城，帶走所有糧草，並告訴張繡，快則三日，慢則七日，必然會大勝而還，讓張繡守好城池。

另外一邊，徐庶秘密派人分出一些糧草給徹里吉，徹里吉的二十萬大軍也盡數朝枹罕方向走去。這樣一來，徐庶也放心了。

張繡帶著張既站在狄道城的城樓上，看著夏侯淵帶著大軍向白石山方向而去，不禁問道：「德容，以你之見，夏侯淵獨留我軍守城，還帶走了城中所有糧草，是不是對我們起疑心了？」

張既道：「未必。應該是怕將軍見到天將軍之後會臨陣倒戈，所以才留下我們。他們應該不會發現我們之間的秘密，也不可能發現。」

「那現在怎麼辦？羌人、夏侯淵全部出兵在外，我們就獨守空城？」張繡問道。

張既道：「屬下以為，將軍不可輕動，應該靜觀其變。我們這一路軍馬，應

該起到力挽狂瀾的作用，現在大戰剛剛開始，還不是我們一局定乾坤的時刻，繼續潛伏在魏軍之中，對我們沒有壞處。」

「好吧，那就聽你的，繼續潛伏。只是，不知道孟起那邊怎麼樣了，徐庶可是個厲害的角色，孟起能夠對付徐庶的奸計嗎？」張繡擔心地說道。

枹罕城。

清冷的早晨，龐德還站在城牆上享受著陽光，突然從城樓下面跑上來一個都尉，那都尉跑到龐德的身邊，一臉慌張地稟告道：「將軍，西邊……西邊來了大批羌人，足有數萬，正在向西門靠近。」

「羌人？來的可真快啊，隨我去瞧瞧。」

龐德早有預料，但是沒想到的是，羌人竟然會來得那麼快。

從東門一路來到了西門，龐德登上城樓，但見白茫茫的雪原上黑壓壓的一片人，大批的羌人推著一輛輛奇形怪狀的車向前面奔跑。

龐德覺得奇怪，用望遠鏡望了過去，但見羌人用四頭駱駝或者四匹騾馬拉著一輛輛戰車，戰車通身用鐵葉裹釘，一柄柄鋒利的刀刃環繞戰車三面，上面站著十個羌人，頭戴鐵盔，身披鐵甲，五個人手持長矛，五個人手持弓箭，耀武揚威，看上去頗有一番氣勢。

「這是……這是什麼東西？」龐德見後，驚訝地問道。

身邊有一個都尉是涼州人，當即向龐德借來望遠鏡一看，立即驚出一身冷汗，對龐德道：「將軍，此乃**鍾存羌的精銳部隊，號曰鐵車兵**，征戰四方，所向披靡，看來羌人這次是動真格的了。」

「鐵車兵？」

龐德又拿過望遠鏡，再看過去，見兩翼還有另外不同裝飾的鐵車兵，但見兩翼的鐵車兵和中間的略有不同，周邊依然用鐵葉裹釘，不同的是，分布在三面的不是刀刃，而是一張張勁弩，而且三面的勁弩都朝著一個方向，車上站立一人，大概是負責操控之人，用兩頭駱駝拉著，沿著大夏河一路浩浩蕩蕩而來。

大夏河屬於黃河支脈，古名漓水，源自甘南高原甘、青交界的大不勒赫卡山南北麓。南源桑曲卻卡，北源大納昂，匯流後始稱大夏河。自西向東流淌，沿途流經白石、枹罕、大夏、狄道，最後匯入洮水，羌人就活動在西傾山一帶。

這時由於天氣寒冷，大夏河冰凍三尺，沿著冰面便可以一路馳騁而來。枹罕縣城依山傍水而建，而大夏河正在枹罕城西北方向，而西門也正沿著大夏河而開。

龐德道：「管他什麼鐵車兵，我非要將他們打得滿地找牙才行。」說完，便欲走下城樓。

手下都尉見狀，急忙勸道：「將軍不可輕舉妄動，這鐵車兵有其利害之處，非人肉所能抵擋，羌人出此厲害之兵，只要不讓他們靠近城牆即可。」

「膽小如鼠，何以擔任都尉之職？來人，將姜冏給我暫時關押起來，大亂軍心，等我擊退敵兵後再來嚴懲！」龐德怒道。

都尉姜冏年紀二十七八歲，和龐德差不多，乃是漢陽郡冀城人，本是魏軍一個小小的亭長，三年前因感慨華夏軍之強盛，便舉家逃逸，往涼州方向投靠了華夏國。

後來又在參加了西北軍，在抵抗魏軍和羌人的襲擾時，因斬殺羌人一個部族小帥，而以戰功榮獲都尉之職。

姜冏見龐德不聽他勸，也只有唉聲嘆氣，卻無怨言，自願被人帶走。

龐德當即點齊三千馬步，打開城門，在西門外面擺開了陣勢，專侯羌人到來。

羌人領頭者，乃西羌王徹里吉的親弟弟徹里祥，他騎著一匹馬，走在鐵車兵的後面，遠遠望見華夏軍在城外擺開了陣勢，便下令鐵車兵暫時停止前進。

於是，鐵車兵立刻分成兩撥，徹里祥則帶著大批騎兵從鐵車兵的中間駛出。兩軍對壘，徹里祥遠遠望去，但見華夏軍陣容整齊，便呵呵笑了笑，對身後幾位渠帥說道：「華夏軍也不過如此嘛！」

其中一位渠帥說道：「大帥，前面的可是西北軍的龐德，聽說武藝超群，膽識過人，不可小覷啊。」

徹里祥冷笑一聲，道：「那又能奈我何？」

正說話間，龐德策馬而出，掄著一口大刀，指著徹里祥道：「呔！兀那戎狄，可認得你龐爺爺嗎？」

徹里祥策馬向前，操起一桿長槍，說道：「好大的口氣，看你的樣子，是要和我單打獨鬥了？」

「是又怎地，只怕你這鼠輩不敢應戰！」

「你才鼠輩，我徹里祥堂堂西羌的大帥，豈會怕你？來吧！」徹里祥將手中長槍一橫，便要出戰。

「大帥，不可輕敵啊，那龐德……」手下渠帥急忙策馬來到徹里祥的身邊提醒道。

「閉嘴！敢長他人志氣，滅自己威風？你活膩了嗎？退下！」徹里祥喝道。

渠帥無奈，只得退下。

「看我取你狗頭！」徹里祥雙腿一夾馬肚，向前衝去。龐德也毫不示弱，拍馬舞刀，直取徹里祥。

兩馬相交，龐德、徹里祥同時揮出兵刃，但聽見一聲「噹」的兵器碰撞聲，隨即便響起了「喀喇」一聲，龐德手舞著精鋼製成的大刀，一刀將徹里祥手中的鐵槍斬成了兩半。

徹里祥大吃一驚，沒想到龐德的兵器會如此的鋒利，見龐德一刀削了過來，他急忙抽出腰中所佩戴的金燦燦的彎刀，直接擋住龐德的那一刀，第一個回合便這樣過去了。

龐德見徹里祥手中金刀貴重異常，便有心想將金刀奪取過來。他調轉馬頭，再次向徹里祥奔去，想一刀結果了徹里祥，然後奪取他手中的金刀。

徹里祥依賴金刀護身，但見龐德虎視眈眈的衝殺過來，而且自己的手臂也被剛才龐德一刀震得發麻，這才知道龐德的厲害。

他心生一計，立刻策馬便逃，暗中取出弓箭，引誘龐德來追。

誰知道，龐德竟然勒住馬匹，不上他的當，他心中惱火，便放出暗箭，一箭朝著龐德射去。

龐德舞動大刀，一刀將徹里祥射來的箭矢斬成兩截，直接落地，臉上更是現出一絲輕蔑的表情，讓徹里祥好不懊惱。

「雕蟲小技，你還有什麼本領，儘管使出來！」龐德橫刀立馬，耀武揚威地說道。

徹里祥憤恨不已，便道：「你別神氣，一會兒就讓你看看我的厲害。」說著，徹里祥便跑回了本陣，對手下渠帥說道：「傳令下去，讓鐵車兵出擊！」

「是，大帥！」

隨後，嗚咽的號角聲便吹響了，徹里祥等人的騎兵分別散在一旁，後面鐵車兵紛紛地向前駛來，毫無陣形可言。

龐德看後，並不以為然，想想自己兵甲甚為厲害，何必害怕這些鐵製兵刃？又見羌兵雜亂無章的衝過來，自己陣容整齊，則更加的堅定了必勝的信心。

不一會兒時間，三千鐵車兵便彙聚在正面戰場上，後面還有許多鐵車兵並未登場。徹里祥衝著龐德大聲叫道：「龐德小兒，你且看著，我也不欺負你，咱們三千對三千，看我讓你嘗嘗我鐵車兵的厲害。」

「哼！放馬過來就是，何必囉嗦！」說著，龐德便退入陣形當中，前面盾牌兵擋住，騎兵散在兩翼，他親自指揮二百五十名騎兵在左翼，右翼二百五十名騎兵則交給手下指揮，中間兩千五百名步兵全部排列整齊站在那裡，嚴陣以待。

徹里祥看後，冷笑一聲，當即將手中金刀向前一揮，大聲喊道：「出擊！」一聲令下，三百輛鐵車兵排成了一排，向前衝了過去。

前面馭手駕駛著戰車，後面戰車上的弓箭手則紛紛拉滿弓箭，一進入射程範圍內，便立刻放出箭矢。

華夏軍這邊用盾牌遮擋，弩兵紛紛端著連弩，對準前面衝過來的鐵車兵，靜候他們進入射程範圍裡面。

三百輛戰車拉著三千名站在戰車上的鐵車兵，迅疾地衝了過來，大地都為之顫動。

龐德見狀，急忙喊道：「弩車準備──放！」

在隊伍的最後面，十輛巨型弩車已經架設好了，巨大的弩箭上捆綁著小型的炸藥包，在點燃引線之後便仰天發射，越過前面華夏軍士兵的頭頂直接飛了出去，但是射程較短，並未射中鐵車兵，而是落在了鐵車兵的前面。

徹里祥看後，哈哈笑道：「華夏軍也不過如此，連射箭都不如我，怎麼和我打？」

就在這時，當鐵車兵經過時，落在地上的炸藥包突然發生了爆炸。

「轟！」一聲聲巨響在鐵車兵周圍爆炸，鐵車兵預料不到，有十多輛被炸的人仰馬翻，連車輪都被炸飛了，馬匹、駱駝更是受到驚嚇，四處衝撞，一些站在戰車上的鐵車兵一經摔倒，便立刻被三面武裝的鐵車所刺死。

徹里祥看後，瞪大了眼睛，憤恨之下，一陣謾罵。

龐德從容不迫，見鐵車兵已經進入連弩射程範圍內，立刻下令道：「放箭！」一聲令下後，弩箭連發，「嗖嗖嗖」的聲音在眾人耳邊不斷響起，戰場上雖然瀰漫著羌人的箭矢，但華夏軍的弩箭也密集如同蝗蟲，朝拉著戰車的騾馬、駱駝射去。

一排箭矢射完，又是三十多輛戰車被射倒。

不過，尚有二百多輛戰車正在向前衝鋒，戰車上的弓箭手也開始不停地射擊，也就是這個時候，鐵車兵憤然地衝了過來，許多騾馬雖然中箭，卻仍舊負痛奔跑，直接朝華夏軍的步兵方陣衝撞了過去。

「轟！」

兩軍相接，擋在第一排的華夏軍士兵立刻被撞飛，骨頭碎裂，口吐鮮血，鐵車兵這時才發揮出真正的威力，三面都是刀刃，所過之處劃傷不少士兵，站在上面的長矛手更是專刺士兵要害部位，弓箭手也是不停地進行準確射擊。

一時間，步兵方陣被直接攪亂。

「圍上去！」龐德見狀，吃了一驚，沒想到被鐵車兵靠近之後，會產生如此巨大的逆差。

隨著龐德的一聲令下，騎兵、步兵將鐵車兵團團圍住。

忽然，羌人在華夏軍中一陣衝殺後，占領了一處空地，只見羌兵把鐵車首尾相連，遍排兵器的戰車將三面向外，士兵從戰車上跳下來，全部聚攏在一個圓形裡，看上去就像是城池一般。

龐德等人無法靠近，只好用連弩進行射擊，羌兵也開始用箭矢反擊，將華夏軍的陣形完全攪亂了。

徹里祥遠遠望去，登時大喜，金刀向前一揮，分布在兩翼的裝滿勁弩的鐵車兵立刻飛馳而出，一邊各三百輛，如同潮水般向著龐德等人湧去。

「將軍，羌兵又衝過來六百輛戰車……」龐德身邊的都尉看見了，急忙報告。

龐德回頭看見鐵車兵如同潮水般湧過來，而自己陣形當中還窩著一幫羌兵，徹里祥正在遠處呲牙咧嘴的笑著，而自己根本無法攻進那鐵車兵結成的陣營裡面去，他恨得咬牙切齒，心中一橫，道：「撤兵回城！」

這邊命令還沒有傳達下去，羌兵的六百輛鐵車兵全部奔馳而來，戰車突然停止前進，拉著戰車的駱駝、騾馬紛紛調轉方向，這時候，戰車上的羌兵開始用刀砍斷一根繩索，捆綁在戰車上的二十張弩機立刻將弩箭全部發射了出去。

六百輛戰車，每輛戰車上二十張弩機一起發射出去，左右夾擊，登時是萬弩齊發，短小的弩箭專射士兵的脖頸後面，都是一箭穿喉。

只這一通弩箭，龐德等人便幾乎傷亡殆盡，馬匹、士兵紛紛倒下一片。

羌兵的鐵車兵再次調轉方向，士兵又如法炮製，發射出另一面的弩機，又是萬弩齊發。

「哇呀……」華夏軍的士兵被鐵車兵前後夾擊，死傷慘重，三千馬步只剩下寥寥百餘人，而且各自帶傷而逃，狼狽至極。

鐵車兵也不追趕，只用箭矢追射，又射殺數十人，真正逃回城中的，只有五十三人，就連龐德也是步行入城，座下戰馬倒地不起，背上還插著一支弩箭，好在弩箭並未射穿鋼甲，只是箭頭嵌在鋼甲上，否則的話，只怕也早已一命嗚呼了。

再次登上城樓，但見羌兵將華夏軍的屍體一具具的全部拖走，然後齊刷刷的排在雪地上，然後用彎刀砍下一顆顆人頭，又用長槍將人頭插著，矗立在地上，

眼神中透露著鄙夷的神色。

城牆上站立著的華夏軍士兵見了，個個義憤填膺，看到羌人這種行徑，幾個都尉全部圍了過來，紛紛請戰。

龐德看到羌人將鐵車兵排成了一排，遠遠望去，黑壓壓的一片，猶如一堵帶著兵器的城牆，就算是騎兵和步兵一起去攻打，也無從下手啊。

他皺起了眉頭，第一次感到有點不知所措，扭身問道：「軍中還有多少炸藥？」

「已經不多了，大約還剩下一百多個。」

「一百多個……這怎麼夠用？」龐德看到城外漫山遍野的羌人陸陸續續趕了過來，不禁發出一聲冷笑。

羌人少說也有幾萬人，這次為了快速攻打枹罕，龐德只帶了一萬士兵，現在已經死去接近三千人，這讓人情何以堪。

華夏軍向來戰無不勝，以兵器鋒利，裝備堅固著稱，但是這次攻打魏國，魏國的透甲錐極為鋒利，能夠射穿他們的戰甲，身上穿的戰甲也都經過改良，可以防禦鋼製武器的攻擊，現在又碰上這夥羌人的鐵車兵，真是棘手非常。

「將軍，請讓我等出戰，和敵軍決一死戰！」眾多都尉一起請命道。

「我尚且不能取勝，何況汝等？」龐德拒絕道：「將姜冏帶來，我要詢問他一些事情。」

不多時，姜冏被帶了過來，龐德見姜冏還被捆綁著，急忙親自給姜冏鬆綁，說道：「姜都尉，本將軍悔不聽你言，以至於出兵三千，只有數十人歸，那鐵車兵確實如同你說的那樣，實在是對你不住。」

姜冏道：「將軍不必如此……」

「姜都尉，你既然知道這鐵車兵的厲害，必然有破解之法，不知道姜都尉可否告知？」龐德問道。

姜冏一臉的窘迫，說道：「將軍，姜冏雖然認識那是鐵車兵，也知道鐵車兵厲害非常，卻不知道鐵車兵的破解之法，只怕無法幫助將軍。不過，一旦羌人用鐵車兵攻城，只要不讓鐵車兵靠近城牆即可。」

「如果被靠近呢？」龐德追問道。

「那只有退兵了，否則的話，以鐵車兵來攻擊城門，破壞城牆的速度，我軍若不及時退卻，只怕就會陷入重圍。」

聽完姜冏的回答，龐德望了眼外面，但見徹里祥有恃無恐，而且興高采烈的，鐵車兵的士兵則停留在原地休息，便問姜冏：「枹罕除了這座縣城，可還有

什麼險要的地方嗎？」

姜冏想了想，答道：「只有老鴉關！大夏河上第一關，在枹罕城東三十里，只要鑿破大夏河上的厚冰，讓老鴉關一帶恢復往日湍急的水流，那麼就算是他有十萬鐵車兵，也無法渡過。」

「竟然如此神奇？來的時候怎麼我沒見到？」龐德問道。

「如今冰凍三尺，枹罕城原是極為險要的地方，依靠大夏河的水流，背靠後面的山坡，鐵車兵本來無法攻打，但是現在都結冰了，鐵車兵若要真的攻打枹罕，必然會從河面上繞到背後，兩邊夾擊，晝夜不停，只怕很快就能將枹罕城攻下。枹罕城並非石頭城牆，雖然依山傍水，但是由於這一帶連年遭受襲擊，城牆殘破不堪，只消一個晝夜便能將城牆推倒。老鴉關不一樣，老鴉關的城牆是石頭鑄就，如果能夠鑿破冰面，那就是一座險關。」

龐德聽後，想了想道：「我明白你的意思了，如果固守枹罕，有羌人騷擾，我們無法鑿破冰層，如果退到老鴉關，我們就可以有充足的時間來做準備，對吧？」

「對！」

龐德笑道：「那好，全軍集結，後撤三十里，兵退老鴉關。」

一聲令下，全軍開始集結，餘下的七千多兵馬全部撤出了枹罕城。但是為了防止羌人追擊，龐德故布疑陣，並未撤去大旗。

城外。

鐵車兵正在休整，徹里祥用鐵車兵環繞一圈，生怕被城樓上的人洞悉了鐵車兵的弱點，所以在鐵牆的下面，許多士兵都在忙活著，將一張張勁弩綁在一起。

鐵車兵的弱點在於駱駝、騾馬耗損的體力太大，那麼重的戰車，戰車上還站著人，要拉動起來奔跑，肯定會累壞牲畜。所以，鐵車兵每行走一段時間，便會停下來休息一段時間，好讓拉著戰車的牲口得到休息，而真正在行軍中，士兵為了減輕牲口的負重力，一般都是騎著戰馬。

游牧民族出兵，往往是每人攜帶兩匹戰馬，路上可以不停地更換，當然，這是在理想情況下。這一次徹里祥帶著鐵車兵出征，基本上騎兵就很少，三萬大軍裡面，只有五千多騎兵，其餘的都是步兵，但是牲口帶的卻不少，三萬大軍，一萬鐵車兵，光那種耗費牲口不少的戰車就有兩千五百輛，每輛需要四頭駱駝或者四匹騾馬來拉著，加上半路上更換的，共有兩萬口畜生來拉運著戰車。所以每次鐵車兵出行，遠遠望去，隊伍很是龐大。

「大帥！枹罕城裡一個人都沒有了，這樣的舉動已經持續好長一段時間了，是不是龐德畏懼我們，已經撤退了？」一個渠帥發現枹罕城中有些不尋常，急忙對徹里祥說道。

徹里祥遠遠望去，但見華夏軍的大旗還插在城牆上迎風飄展，但是人卻看不到一個，便道：「此必龐德誘敵深入之計，想讓我們以為他們都走了，然後放鬆警惕，大舉進城，實際上，他們卻在城中設下埋伏，專候我軍，哼！雕蟲小技而已，不必理會他們，繼續修理戰車，備戰，一會兒要強攻枹罕。」

渠帥點點頭，知道羌王徹里吉和徹里祥都喜歡讀漢人的什麼孫子兵法，所以也就不反駁，下達命令去了。

可是，等到羌人將戰車修理好，仍然不見華夏軍有任何動靜。

徹里祥心下狐疑，便放出斥候去偵察，誰知道過了沒多久，斥候回報說，龐德大軍早已走了多時，枹罕已是一座空城了。

「娘希匹的！漢人的兵法越學越亂，如果不學兵法，老子早衝過去了，哪裡有龐德逃走的機會？逃哪裡去了？」徹里祥問道。

「好像是往老鴉關方向去了。」

「追！追上他們，要拿龐德的人頭祭旗。」徹里祥憤恨地道。

渠帥勸道：「大帥，如今天色已晚，不宜發動，不如等明天一早再動兵如何？」

「天色已晚？現在也不過才午時而已，怎麼天色就晚了？」

「大帥，等我們去到老鴉關，天色就晚了，人困馬乏，不宜動兵，還是明天吧！」

徹里祥雖然不情願，但是覺得渠帥說得也對，便道：「好吧，再讓龐德多活一天。」

傍晚時分，龐德率領七千多軍隊退到了老鴉關一帶，此地有少許魏軍駐守，見龐德率領大軍到來，聞風而逃，龐德等人遂占領了老鴉關。

老鴉關其實就是一個塢堡，容納士兵有限，如果在夏季，大夏河水流湍急之時，這裡確實是一處險關，旁邊驚濤拍岸，塢堡當道而建，實在是易守難攻。不過，可惜現在是冬季，大夏河又冰凍三尺，冰面結冰，可以萬馬奔騰。

一進入老鴉關，兩千人還勉強能夠容納，但是尚有五千多人無法進入老鴉關，於是龐德便分出一部分人在老鴉關斜對面的山上紮營，與老鴉關互為犄角之勢，自己親率一部分人去鑿冰。

但是，冰層十分的厚，這樣一點一點的鑿下去，實在太過費力。於是，姜冏出了一個點子，先鑿開一個口子，然後用燒開的水澆灌進去，融開一個冰層，可以看冰層下面流淌的水。

「姜都尉，這樣是不是太慢了點？還有沒有更快的法子？」龐德見後，問道。

姜冏想了想，道：「將軍，我有一個法子，不知道將軍敢不敢用？」

「有什麼不敢的？說！」龐德道。

姜冏道：「大夏河流經此處，便改道向南，我們現在就在大夏河的東岸，如果明天徹里祥從枹罕追擊過來，必然要先過河，我們可以用炸藥，藏在冰層的下面，然後用一個長長的引線將一個個藏在冰層下面的炸藥連在一起，等到鐵車兵過河之時，我們就點燃引線，到時候絕對可以炸開冰面，鐵車兵就全部落到大夏河裡了，只要鐵車兵一破，羌人就不足懼。」

龐德聽後，目測了一下大夏河的寬度，當即道：「此計不錯，可以將剩餘的炸藥分開埋藏，多處轟炸，勢要讓那些鐵車兵連同羌人全部落入大夏河中！」

計議已定，眾人當即說幹就幹，立刻著手布置，先鑿開冰面，然後將炸藥埋進去，又做了一個引線，將炸藥串聯在一起，再用樹皮覆蓋住引線，上面用白雪作為遮掩。

一切準備工作都做足之後，龐德等人這才各自歸去。

第二天，天還沒亮，嗚咽的號角聲便從老鴉關外響了起來，華夏軍早有準備，多時枕戈待旦，一聽到號角聲響起，便立刻翻身而起。

士兵迅速登上關城，眺望外面，但見大夏河對面黑壓壓的一片，白茫茫的雪地上成了一片黑，在這黎明前最為黑暗的時候，遠遠望去，一眼望不到頭，不知道來了多少兵馬。

龐德登上城樓，看見大批的兵馬在河對岸，便道：「沒想到羌人來得這麼快……」

大夏河的西岸。

徹里祥正在集結兵馬，遠遠看見老鴉關那一座孤零零的小城，便是一陣冷笑，在心中暗暗想道：「如果是平常，或許我還誇你聰明，可是現在是冬季，大夏河冰凍三尺，大軍可以直接從冰面上過去，你躲在老鴉關，饒是城牆堅固，也耐不住我日夜不停地攻打，我看你能躲得了什麼時候……」

「大帥，敵軍可是占領了老鴉關，那裡地勢險要，就算我們渡過了河，也不能確保一定能夠攻下關城啊。」

「混蛋！只要渡過了大夏河，攻城很容易，華夏軍被我鐵車兵嚇壞了，不然昨天也不會撤退。少說這些風涼話，去催促後面的鐵車兵，加快前進，然後稍作休息，天亮之後再攻擊。」徹里祥道。

「為什麼不現在攻擊？大帥剛才明明說兵貴神速的……」渠帥寒著臉問道。

「現在我軍人困馬乏，長途奔襲三十里，我們倒是無所謂，可是鐵車兵就不一樣了，需要讓他們休息，此時離天亮還有半個時辰，好好的歇息半個時辰，我們再發起總攻，就能夠一舉攻克老鴉關。如果現在攻擊的話，敵軍看不到我鐵車兵的雄威，如何能夠被嚇走？再說，誰知道那些敵軍有沒有布下什麼陷阱之類的，這個時候黑燈瞎火的，怎麼能分辨得出來？」

徹里祥雖然學習了孫子兵法，但是他的腦袋是木魚腦袋，根本不如其兄徹里吉，能夠當上大帥，也是靠著徹里吉的關係，另外就是特別擅長紙上談兵。

渠帥被徹里祥說得無地自容，扭身便走了，走的時候嘴裡還嘟囔道：「神氣什麼啊，要不是靠著羌王的關係，你能當上大帥才怪……」

徹里祥聽到渠帥嘴裡嘟囔著話，至於說什麼，他沒有聽見，便立刻問道：「你在說什麼？還不快去催促鐵車兵到來？」

「沒……沒什麼……是，大帥。」渠帥急忙灰溜溜的走了。

老鴉關的關城上，龐德見羌兵不斷地集結，但就是不進攻，也不知道搞什麼鬼。他抬頭看了看天，估算著天亮的時間，便對身後的士兵說道：「一會兒準備出城迎戰，你去通知姜冏，讓他們在山上做好準備，看到我發出的信號，立刻從背後殺出。」

「諾！」

第五章

成敗蕭何

雖然說徹里祥有些自大，但也並非一無是處，至少鐵車兵就是他一手練就的。也正是因為鐵車兵的存在，徹里祥才成為第七位大帥，徹里祥的死，卻也是因為鐵車兵的消亡，當真是應了漢人的那句話，成也蕭何，敗也蕭何。

兩軍隔河相望，天色也漸漸大亮，徹里祥等人全部集結完畢，又在河岸休息了許久，這才開始蠢蠢欲動。

辰時，羌人的鐵車兵漸漸都歇息過來了，徹里祥也迫不及待的翻身上馬，抽出腰中金刀，開始指揮鐵車兵布置在第一線，黑壓壓的一片鐵車兵，全部排列在那裡，只待徹里祥的一聲令下。

龐德不甘示弱，帶領一千人在河岸布陣，然後將一千人分成十隊，每一百人為一個縱隊，布置在河岸的十個不同的地點上。當布置完畢之後，又將一隊變作兩隊，其中一個人迅速抽身蹲下，開始從懷中掏出火摺子，隨時準備點火。

另外一邊的山坡上，姜冏等五千人都嚴陣以待，瞅見兩軍對壘，他便將其餘的四個都尉全部聚集在一起，商量道：

「承蒙將軍信任，讓我臨時擔任校尉一職，負責指揮這次奇襲行動。也承蒙各位兄弟看得起在下，我姜冏才有今天。所以，今日一戰，我還需要仰仗各位，奇襲成功後，功勞歸諸位，我姜冏一點都不要。」

「姜校尉，你這樣說，豈不是寒了眾兄弟的心？從枹罕到老鴉關，一路上大家都看得清楚，姜校尉你的功勞不小，而且堪稱智勇雙全，這一次的奇襲，也是你向將軍建議的，不管勝敗如何，我們五個都尉全都平分！」其中一個都尉說道。

「對，這樣才公平，咱們西北軍中只有兄弟，沒有利益！」其他三個都尉一起說道。

姜冏道：「那好，有你們這句話，就夠了，一會兒只要冰面一炸開，我們就迅速展開奇襲，繞到羌人背後去，狠狠地宰殺羌人，一掃晦氣。」

「諾！」

徹里祥已經完全糾集起一支大軍，將鐵車兵布置成衝鋒陣形，第一排三百輛，第二排五百輛，第三排則是所有的鐵車兵，羌人的騎兵則依舊散在兩翼。

「吹衝鋒號！」徹里祥見準備妥當，龐德又布置區區一千人站在冰面上，他也不管了，反正沒有發現什麼異常之處，乾脆一股腦的全部衝過去，嚇也能把人嚇死。

嗚咽的號角被吹響了，悠揚的號角聲向四處傳開，急促異常。

羌人們聽到這個號角聲後，立刻來了精神，知道這是衝鋒號，於是，布置在第一排的三百輛鐵車兵迅速地向前衝去，每輛戰車上站著十個人，每輛戰車用六匹騾馬拉著，開始從大夏河的冰面上馳騁起來。

第一排的鐵車兵剛衝出去沒多久，第二排、第三排也緊鑼密鼓的向前進，而兩萬名士兵在戰車上被拉著，耀武揚威、浩浩蕩蕩的朝著龐德等人奔馳而去。徹里祥也毫不示弱，金刀向前一揮，分散在兩翼的騎兵迅速地向前衝去，護衛在鐵車兵的兩邊。

三萬羌兵全部衝了過來，萬馬奔騰的氣勢，讓龐德等人見了都為之一震。

「將軍，都衝過來了，要不要點燃引線？」

士兵們第一次被這種雄壯的姿態給震懾住，不得不說，羌人的鐵車兵確實在昨天給華夏軍留下了深刻的印象，不敢讓鐵車兵靠近，這種東西能攻能守，實在是太難對付了，而且他們也無法和他們正面交鋒，卻又不敢靠近，那一個個刀刃插在車上，指不定會劃傷自己身上的某個部位。

「再等等！等敵人完全進入到冰面再說。」龐德目測了羌人的速度以及距離後說道。

又過了片刻，羌人越來越近，一些戰車上的弓箭手開始拉動了大弓，準備射出箭矢。就在這時，當龐德看見羌人三萬大軍完全到了冰面上時，下令道：「點燃引線，向後撤退！」

這時，十個蹲守在後面的人立刻點燃引線。

點燃後，立刻向後撤退，只有一個士兵因為太過緊張，不小心將火摺子弄得熄滅了，無法點燃引線，他又掏出打火石，拼命的開始點燃引線，一邊看著鐵車兵衝過來，一邊開始打火，結果一支箭矢飛了過來，直接射中了頭顱，立刻倒地身亡。

龐德急忙退到了岸上，立刻回轉了身子，手持連弩開始射擊那些衝過來的羌人，而就在這個時候，最完美的一面出現了，整個冰面都爆開了花，一聲聲悶響接連在冰層上爆炸開來，整個冰層被炸得地動山搖。

「轟！轟！轟……」

巨大的爆炸聲不停地響起，不多時，整個冰面開始碎裂，裂紋直接擴展至整個冰面，喀喇喀喇的脆響聲不斷在羌人的耳邊響起，羌人們個個心驚膽戰。

緊接著，一輛正在奔馳的戰車直接掉進了冰窟窿裡面，戰車上的羌兵、拉著戰車的牲口全部墜入了大夏河中，冰面下是湍急的水流，直接將他們全部沖走。

「希律律……」

「啊……」

人喊馬嘶，在炸藥引爆範圍內的羌兵接二連三的墜入了河中，許多羌人還不知道發生了什麼事情，連反應過來的時間都沒有，一掉入河中，便被冰冷刺骨的河水給沖走，有的直接撞在了冰面上，當即撞破頭顱，立馬斃命。

徹里祥正率領騎兵隊伍從側翼向前狂奔，看到這樣一幕，頓時大吃一驚，好不容易控制住座下受驚的馬匹，扭頭看到中間的冰面全部塌陷下去，他的兩萬多大軍盡數沉入了水底，不由得驚慌失措，惋惜地道：

「我的鐵車兵……我的鐵車兵啊……」

這時，姜囧等人率眾而出，和另外四個都尉，每人帶著一千名馬步兵從山坡上俯衝下來，喊聲震天，聲勢滔天，讓這些仍自沉浸在鐵車兵沉入水底悲痛當中的羌兵聽了都是一陣膽寒。

「大帥！華夏軍早有準備，我們損失慘重，現在華夏軍五路出擊，聲勢浩大，當迅速避其鋒芒，我們撤退吧！」一個渠帥看到如今的場面，很是擔心地說道。

「刷！」徹里祥拿著金刀，一刀將那名渠帥斬首示眾，大聲喊道：「再敢言退者，立斬不赦，給我都衝上去，給死去的族人報仇！」

話音一落，徹里祥立刻揮刀向姜囧等人衝去，身後騎兵也紛紛追隨。

此時，龐德回到老鴉關門口，五百騎兵早已經準備妥當，從士兵手中接過他的大刀，便翻身上馬，帶著五百騎兵向著徹里祥衝去。

華夏軍同仇敵愾，羌人沒有了鐵車兵，又被華夏軍的氣勢嚇破了膽，交戰只片刻，羌人撥馬便走，徹里祥立斬三個逃跑的羌兵，卻仍然控制不住局面，而在右翼的那些騎兵早已經逃得無影無蹤。

徹里祥見龐德虎視眈眈的衝了過來，料抵擋不住，正欲撥馬行走，忽然老鴉關方向傳來號角聲，那號角的聲音悠遠而深長，正是羌王徹里吉慣用的衝鋒號，老鴉關後方也同時出現了羌王的狼頭大纛，無數騎兵漫過山坡，猶如螞蟻般的箭矢從老鴉關的背後射來，喊殺聲頓時大起。

「哈哈哈……是大王的大軍到了，給我殺，奮勇向前，一個不留！」

徹里祥見狀，頓時激動不已，那些羌兵聽到號角聲後，也是個個像打了雞血一樣，突然精神抖擻，右翼的兩千逃走的騎兵也退了回來，迅速地加入戰鬥中。

龐德一陣狐疑，回頭看見老鴉關內的部下紛紛狼狽不堪的逃了出來，一眼便看到象徵西羌王旗號、繡有狼頭的大纛插在老鴉關上，不禁覺得有點驚訝。

此時，城內士兵被羌人騎兵追趕了出來，漫山遍野的都是羌人的騎兵，城內的士兵雖然奮力抵擋，卻仍舊不是大批羌人的對手，被騎兵逼到大夏河中，不是被殺死，就是被河水沖走，那一千多士兵頃刻間便成了一具具屍體。

華夏軍正在和徹里祥等人混戰，兵力相當，加上羌人個個奮勇向前，一時間

難以抵擋，姜冏急忙策馬來到龐德身邊，稟告道：「姜冏，羌王徹里吉率領大軍到來，我軍無法抵擋，應該速速撤退，暫時退回金城，再做打算。」

「可惡！怎麼會變成這樣？如果我軍一退，只怕大將軍的大夏城也即將陷入危險的境地。」龐德憤恨地道。

「大夏城周圍都是山地，易守難攻，羌人雖多，但大將軍兵精糧足，帶的火藥也很充足，足可以抵擋羌軍，我們應該立刻撤出戰鬥，以減少不必要的傷亡，先回金城整頓兵馬，然後再戰不遲！」姜冏建議道。

龐德環視了一下戰場，見羌人的騎兵正在努力地向這邊靠攏，如果再不走的話，只怕會被合圍，當即下令道：「傳來全軍，撤退！」

一聲令下，華夏軍立刻向西北方向逃走，龐德一馬當先，衝在最前面，從眾多羌人當中殺出了一條血路，姜冏等五千多馬步軍全部跟隨著龐德撤走。

徹里祥帶人追擊，沿途又收割了華夏軍三百多顆首級，最後遇到華夏軍斷後軍隊的浴血奮戰，漸漸地失去了追擊龐德的機會，遂退兵回老鴉關。

徹里祥回到老鴉關時，徹里吉已經率領禁衛本隊等候在老鴉關的城門口，臉上是一陣的陰鬱之色。

「大王，你來得實在是太及時了，如果你要是再晚來一會兒，只怕這場戰鬥我就輸了。」徹里祥手裡提著幾顆人頭，直接扔在了地上，翻身下馬，來到徹里吉的面前，一臉開心地說道。

徹里吉犀利的目光看了一眼徹里祥，面色陰沉，眼神中帶著憤怒，對徹里祥厲聲道：「跪下！」

徹里祥愣了一下，站在原地不解地看著徹里吉，還來不及發問，徹里吉左右的勇士便強行將徹里祥按在了地上。

「大王，你這是幹什麼？」徹里祥不解地問道。

「幹什麼？我將鐵車兵盡數交給你帶領，你是怎麼帶的？居然讓鐵車兵全軍覆沒了，鐵車兵乃是我耗費數年的心血練就而成，本想這次當做奇兵用在華夏軍的身上，可是你都幹了什麼？來人，將徹里祥斬首示眾，將人頭懸掛在我的狼頭大纛上，以示懲戒。」

徹里吉目光凶狠地看著徹里祥，他的心在滴血，就算是殺了徹里祥一千次也不為過！

徹里祥見徹里吉是來真的，立馬求饒道：「大哥，我知道錯了，求你饒過我這一次，勝負乃是兵家常事，鐵車兵沒了，咱們還可以練，可是你就我這一個弟弟，我要是死了，你就什麼親人都沒有了……」

「閉嘴！我身為西羌之王，西羌各部族的牧民都是我的兄弟，都是我的親人，你罪大惡極，尚未正式對華夏軍用兵，你就先折損了我的精銳之師，留你何用？來人啊，將徹里祥拉下去，斬首示眾。」

徹里吉陰鷙的眼睛連眨都沒有眨一下，說話時聲音雖然不大，卻給人一種極大的威懾力。

聲音一落，勇士立即抽出彎刀，不等徹里祥再次求饒，當場便將徹里祥斬首示眾，一顆人頭落下，熱血濺了一地，將徹里吉腳邊染成一片腥紅。

徹里吉站在那裡，一臉的平靜，自始至終，眼皮連眨都沒眨過一眼，他環視了一圈各部族的渠帥，見他們臉上都帶著一絲懼意，便說道：「將徹里祥的人頭掛在本王的狼頭大纛上，以後誰要是打仗不盡心盡力，定斬不赦！」

其餘各部族的渠帥都是一陣默然，徹里吉讓他們感到和原來各族羌王的不同之處，這個人陰險、狠毒，而且魄力十足。

迷當、餓何、燒戈、伐同、蛾遮塞、治無戴六個人分別為六大部族的大帥，連他們見了都為之膽寒，為徹里祥感到惋惜。

雖然說徹里祥有些自大，但也並非一無是處，至少鐵車兵就是他最先想到的，而且還是他一手練就的。

也正是因為鐵車兵的存在，徹里祥才成為第七位大帥，豈知徹里祥的死，卻也是因為鐵車兵的消亡，當真是應了漢人的那句話，**成也蕭何，敗也蕭何**。

徹里吉統一羌族各部後，明確規定，羌族只有一個王，在王的下面，設立大帥、渠帥、小帥、將、校、尉等職位，分別統領各部落，逐漸向漢人的封建社會過渡。至於徹里吉本人的武力有多高，至今還是個謎。

十幾年前，出身高貴的西羌第一勇士迷當曾經和徹里吉爭過羌王之位，但是在徹里吉面前卻不堪一擊，只一個回合，便被徹里吉生擒了過去。

羌人崇尚武力，當迷當敗給徹里吉後，鍾存羌的其餘各部族長老認為徹里吉血統不夠純正，拒絕承認徹里吉為王，結果當場被徹里吉盡數殺死，並且嚴重聲明，從此以後，他徹里吉就是鍾存羌的羌王。旁人無法制止，只好任由徹里吉榮任羌王。

徹里吉繼任鍾存羌的羌王之後，開始了長達十年的休養生息，拒絕參加一切爭鬥，標榜以和平為主，人不犯我我不犯人，並且花重金去中原求學，學習漢人治國的一套方法。

鍾存羌的人本來都以為徹里吉是膽小怕事，直到後來才明白，他的一系列休

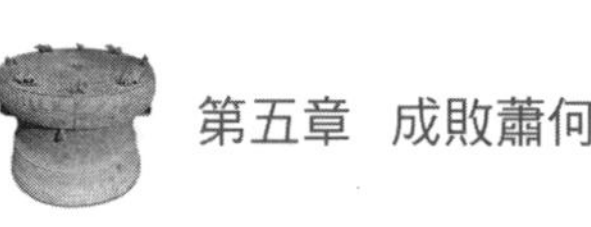

養生息的計畫確實給鍾存羌帶來了不少好處。

西元一八四年，黃巾起義爆發，中原混戰不堪，隨後北宮伯玉在涼州糾結羌胡反叛漢朝，當時也曾聯絡過鍾存羌，但是被徹里吉一口回絕。

自那之後，十數年間，涼州戰亂不斷，其餘羌人降而復叛，和漢朝為敵，但是鍾存羌卻一直向漢稱臣，要求附屬，並且拒絕參加一切羌人之間的爭鬥。

不參加，不代表鍾存羌沒有這個實力，又一次燒當羌來故意找碴，結果被徹里吉帶兵打敗，從此以後，再也無人敢對鍾存羌下手，使得鍾存羌慢慢積攢了實力。

而且，羌人各部族間爭鬥不止，許多不願意飽受戰亂之苦的羌人紛紛逃入了較為安定的鍾存羌的領地，不僅得到了很好的保護，還能吃喝不愁，倒成了羌族中的一片樂土。

直到五年前，曹操蠱惑羌人叛亂，使得各部族羌人元氣大傷，隨後徐庶親赴鍾存羌，拉攏鍾存羌支持復國的魏國。又許以不少好處，最後徹里吉只提出了一個條件，就是幫助他成為西羌之王。

於是，魏國出人勸說各部族羌人，徹里吉出兵威脅，最終使得羌人各部族全部統一於鍾存羌，而徹里吉也成了名正言順的西羌之王。

中之後，為了瓦解各種羌人，徹里吉便同意了魏國的提議，將羌人內遷到關中，就地為民，耕種漢人土地。

不得不說，徹里吉的一些手段確實壯大了羌人，並且通過武力威脅，不斷從魏國得到了不少好處，錢糧布帛、茶葉、絲綢、瓷器等等，都在潛移默化地改變著羌人的生活。可以說，**徹里吉是一個被半漢化的羌人，用漢人的方法統治整個西羌，才取得了現在的成績**。

迷當、餓何、燒戈、伐同、蛾遮塞、治無戴遙想當初，都對徹里吉非常的佩服，在他們的印象中，從未有過任何一任羌王能做到如此地步，所以，餓何、燒戈、伐同、蛾遮塞、治無戴雖然不是鍾存羌的人，但是也願意為徹里吉賣命，因為羌人同祖同根，是一家人。

「大王，現在龐德潰敗，我軍精銳盡失，還要去攻打大夏城嗎？」

迷當作為第一位大帥，算是一人之下，萬人之上，地位僅次於徹里吉。

「大夏已經成為一座孤城，如何不打？**既然向華夏軍開戰，就要戰的徹底！但是，我們的目標不是這裡，而是冀城**。餓何、燒戈！」徹里吉叫道。

「大王有何吩咐？」餓何、燒戈齊聲道。

「你們各自帶領三萬騎兵，奔赴大夏城外，將大夏城給我包圍起來，前後一

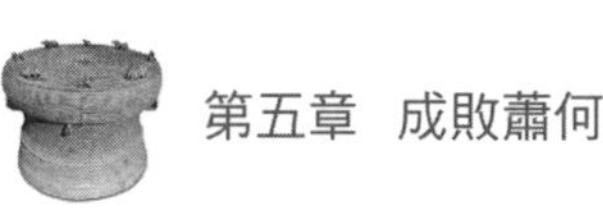

起攻打，從明天開始正式攻城，日夜不停，不管耗損多少兵力，都一定要將太史慈的人頭拿下，只要斬殺了太史慈，足可讓敵人聞風喪膽！」徹里吉道。

餓何、燒戈抱拳道：「是，大王！」

「去吧！」

這時，伐同的手下從大夏河的冰面上走了過來，取出了十幾包炸藥包來到伐同的面前，道：「大帥，在冰面上發現了此物，據說，華夏軍就是用此物才弄塌那麼厚的冰面。」

伐同接過看了一眼，湊近一看，立刻聞到一股刺鼻的味道，急忙問道：「這是什麼東西？」

「不知道……」

徹里吉斜視過去，看了一眼，伸手道：「拿來我看！」

伐同將其中一個炸藥包遞給徹里吉，徹里吉研究了一下，也沒看出什麼名堂，當即抽刀挑開了炸藥包，見從裡面露出很多黑色的粉末，皺起眉頭，狐疑地說道：「黑土？」

他蹲下身子，用手捻起一點，放在鼻子下面聞了聞，當即便感到一股刺鼻的味道，便道：「這到底是什麼東西？華夏軍是怎麼用這東西的，誰知道？」

一個士兵自告奮勇，然後拿著火摺子，抱著一個炸藥包走到冰面上，開始點燃引線，之後站在那裡，聽見引線嗤嗤的作響，便指著引線道：「啟稟大王，華夏軍就是這樣將他們點燃的，是我親眼……」

不等這個羌兵把話說完，引線便已經燃燒完畢，然後「轟」的一聲巨響，產生爆炸，將那個羌兵炸得四分五裂，血肉模糊。

徹里吉看了，不禁極為驚訝，然後便是一陣奸笑，說道：「將這東西交給隨軍工匠，問問他們，到底是什麼製成的，然後給我造出一些來，越多越好。」

「是，大王。」

「傳令下去，今夜暫且在老鴉關周圍休息，清掃戰場，明日便朝冀城方向去，趁著華夏軍和魏軍在白石山交戰，我軍去偷襲冀城，只要得到冀城中的糧草，我軍即使不拿下整個涼州，也是一場勝利。」徹里吉拍打了一下手上的火藥，下令道。

大夏城。

龐德在枹罕城連輸兩陣，損兵接近五千人，消息一經傳到大夏城裡，太史慈就像是聽到了一聲驚雷一樣，覺得十分不可思議。

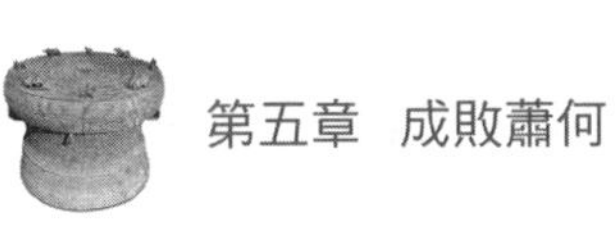

太史慈當即下令道：「羌人來勢洶洶，看來不可小覷，傳令下去，大夏城全部積極備戰，以防止羌人襲擊。」

「諾！」

這邊命令還沒有傳達出去，又一名斥候進來了，報告道：「大將軍，羌人大股兵力正從老鴉關朝大夏城撲來，兵馬甚多，差不多有六七萬騎兵。」

「來得真快啊，羌人倒是學精明了。傳令下去，立刻讓人按照原定計劃準備，先給羌人來個下馬威，讓羌人知道我們華夏軍的厲害。」

「諾！」

太史慈也急忙戴盔穿甲，親自登上大夏城的城樓，指揮布置防禦措施，從中午忙到傍晚，終於都給搞定了。

黃昏時分，大批羌人在餓何、燒戈的率領下抵達大夏城外，卻沒有急於進攻，而是按照徹里吉的吩咐，先在外面結下營寨，休息一夜後，等明日再戰，燒戈則率領一半騎兵繞到了大夏城的後面紮營。

太史慈見羌人不急於攻城，而且分成前後兩座營寨，便預料到羌人是想前後夾擊，便立即做出相應的策略調整，只待羌人攻城。

大夏城內外，箭拔弩張，黑壓壓的羌兵將大夏城僅有的兩座城門堵得水泄不通，東西兩個城門都是緊閉著，城牆上弓弩手林立，華夏軍的大旗迎風飄展，隨時準備迎擊羌人。

太史慈站在西門的城樓上，眺望外面的羌兵，嘴角露出一絲笑容，下令道：「打開城門！」

命令傳達下去，東門、西門的城門被打開了，城內筆直的街道貫穿東西兩座城門，華夏軍的士兵盡皆站立在街道的兩旁，盾牌兵擋在第一線，長槍兵將手中的長槍架在盾牌上，街道兩邊的房檐上更是站著許多弩手，三萬大軍圍繞著城牆和城內的主幹道，個個彰顯著勇武。

餓何在西門，燒戈在東門，當城門打開的那一剎那，兩個人都是不解其意，尋常攻城，不過就是為了叩開城門，可是今日華夏軍卻故意的將城門全部打開了，出乎他們的意料，更讓他們覺得有些不可思議，猜不透其中的意思。

餓何騎在馬背上，從西門遠遠地眺望過去，穿過大夏城內的街道，可以隱約看見在城東的燒戈等人。

「大帥！華夏軍這是想幹什麼？好像有點反常啊……」一個渠帥策馬來到餓何的身邊，提醒道。

餓何打量了一下華夏軍，道：「華夏軍故布疑陣，以為這樣就可以讓我們害

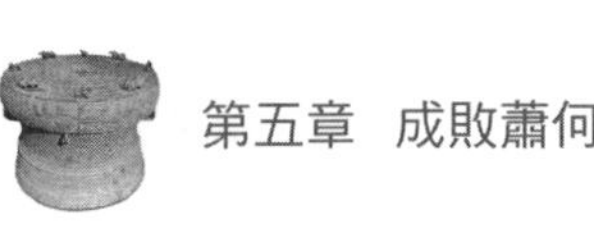

怕，不敢進攻，想拖延時間，然後等待援軍。不管如何，華夏軍在大夏城內只有三萬兵馬，我軍有六萬，是華夏軍的一倍，兩個打一個還打不過嘛？吹響號角，衝進去，殺華夏軍一個片甲不留，我要取下太史慈的腦袋當凳子坐！」

號角聲隨後吹起，在東門的燒戈向來以餓何馬首是瞻，一聽到餓何吹響了號角，也下令吹響衝鋒的號角。兩邊的號角聲交織在一起，一唱一和，奏出了曼妙的音樂，令六萬羌人都興奮不已。

「衝鋒！」餓何手持彎刀，策馬到道路邊上，將彎刀向前一揮，大喊道。

與此同時，燒戈也指揮自己的部下向前衝鋒，羌人的騎兵盡皆叫囂著，拉開手中的長弓，搭上箭矢，在馬背上奔馳著向前射擊。

在大夏城的城牆上，弓箭手則放出箭矢，連弩手繼續躲在女牆後面，不等敵人進入射程範圍內絕不放箭。

一時間箭矢如同雨下，太史慈親執弓箭，一連射出五支箭矢，例無虛發，箭矢所到之處，羌人盡皆落馬。

三千羌人騎兵率先衝了過來，在強弓硬弩之下，死傷不少，但是仍有兩千多騎衝進了城門裡，誰知道一進入城內，兩邊弩箭齊發，密集的程度比城樓上更加厲害，射倒一排排騎兵，不得已之下，只好迅速撤出了城池。

餓何、燒戈看到自己派出的三千騎兵在密集的箭矢下無法抵擋，都驚訝不已。

這時，燒戈暫時停止了進攻，帶著一隊騎兵策馬來到西門，對餓何說道：「敵軍箭陣厲害，城內也到處都是弩手，我軍雖然各傷亡千餘人，但是如果強攻的話，肯定是不行的，你可有什麼辦法嗎？」

餓何想了想，道：「那只有用盾牌了，現在去砍樹，然後將樹木捆綁成大型木筏，架設起來，用人推過去，可以抵擋住敵人的箭矢，下面還可以藏兵。然後，再做些小的木盾，讓勇士們拿著，快速衝進城裡。」

「很好，我立馬去吩咐部下。」燒戈迅即回到東門，下令羌兵上山砍樹。

太史慈遠遠望去，嘿嘿笑道：「果然不出我所料……」放下望遠鏡，太史慈對身後的士兵道：「去將炸藥準備好，隨時聽候本將軍的差遣！」

「諾！」

兩軍都在忙碌著，但是相比之下，羌兵更顯得忙碌些。

兩個時辰後，天色將近中午，太史慈看見羌人還在忙不迭的製作木筏、木盾等物，便下令自己的部下輪班去吃飯。

午時過後，羌人累了大半晌，正在埋鍋造飯，就地休息，看上去萎靡不振的。太史慈見到這一幕，嘿嘿笑道：「機會來了！」

話音一落，太史慈立刻下了城樓，親自挑選四千名騎兵，自己帶著兩千名騎兵在西門，分出兩千名騎兵交由自己的偏將帶領著，等到羌人把飯做好，都在圍繞著鍋吃飯時，便立刻下令出擊，帶上炸藥包和火摺子，從城門裡向外衝殺而出。

餓何、燒戈並不是笨蛋，自然有兵留守看護大夏城的城門，一見到華夏軍衝了出來，五千騎兵便立刻前去迎戰。

太史慈絲毫不畏懼，這些都是他精心挑選的臂力最強的四千名士兵，為了能發揮最大的威力，讓速度更快，所以士兵都披著一層單薄的皮甲，一手拽著馬韁，一手攜帶著炸藥包，冒著箭矢點燃手中的炸藥包，然後用力的向前甩到羌人的陣營當中。

羌人箭矢密集，衝在最前面的二三百騎兵還來不及將炸藥拋射出去，便已經被射穿了身體，騎兵們忍痛將炸藥包向外拋出去，有的沒有點燃的，索性直接衝進羌人的陣營，然後伏在馬背上，快要抵達時才點燃炸藥包。

「轟！轟！轟！轟……」

巨大的爆炸聲在羌人的騎兵隊伍裡響起，許多羌人還沒摸清是怎麼回事，便被炸得四分五裂了，座下馬匹受驚，四處亂竄，一時間，羌人的陣營頓時潰散。

這時，太史慈等人在後面的好幾層梯隊才開始慢慢地衝過來，當負責抵禦的羌人四處逃散時，便開始揮舞著兵刃任意收割著羌人的頭顱，一邊斬殺羌人，一邊向著山坡上的羌人陣營裡跑去。

羌人上山砍樹，座下戰馬大多都留在了山下，有道是上山容易下山難，山路崎嶇，還有被白雪覆蓋的險地，山上的羌人一受到驚嚇，便全部從山上下來，飯也來不及吃。

可是人的兩條腿如何跑得過四條腿的戰馬，負責抵禦華夏軍的騎兵沒有能夠起到作用，還被衝散了，華夏軍便長驅直入。

太史慈分出五百人將炸藥留在下山的道路上，自己則帶著剩餘的一千多人驅趕羌人的戰馬，將他們盡數趕到大夏城裡。

羌人要下山，華夏軍用炸藥封住了道路，炸得下山的路一片狼藉，山上的羌人畏懼炸藥的威力，也止住了腳步，不再爭先恐後的下山。

與此同時，大夏城中華夏軍的士兵盡皆出現，在城外列陣，生怕流竄的羌人

過來搶奪馬匹，只要看見有羌人過來，便用連弩進行射擊，射翻了不少妄圖來爭搶的羌人騎兵。

整個行動如風捲殘雲，太史慈指揮若定，以迅雷不及掩耳之勢驅趕著數萬匹戰馬進到大夏城裡，就連自己陣亡的士兵也一併帶回，羌人帶來的十萬匹戰馬，半數以上都被華夏軍趕到了大夏城裡，還有一部分受到驚嚇四處逃散，散落在城外的荒野當中。

大夏城本來就是大夏河上的一座大城，也是重要的屯兵之所，城池堅固，地勢險要。如果不是魏軍兵力較少，而且大夏河又冰凍三尺，太史慈絕對不可能這麼迅速的攻下這座城池。

大夏城的堅固，可以與隴西郡城狄道相媲美，漢章帝時期，甚至一度成為隴西郡的郡城，所以容納數萬匹戰馬十分輕鬆。

大軍進程，大夏城的城門立刻被關閉了，華夏軍以極小的傷亡作為代價，擄掠來六萬多匹戰馬，確實是一場大勝利。

「羌人是馬上的民族，失去了戰馬，就等於失去了雙腿，這次我看羌人怎麼辦，哈哈哈哈……」

太史慈進入城中之後，再次登上城樓，看到餓何的臉上青一陣紅一陣的，大聲地笑了出來。

半個時辰後，羌人終於從山坡上下來了，可是卻沒有撤退的打算，而是自行結陣，不一會兒，失去馬匹的羌人便集結成一個偌大的步兵方陣，被派去尋找馬匹的士兵，也將戰馬紛紛帶了回來，重新組建騎兵，分散在步兵的兩翼。

太史慈看後，覺得甚是好奇，按照他對羌人的瞭解，這些人失去了馬匹，就應該撤退的，可是他看到羌人不但不撤退，反而集結成一個個的步兵方陣，看上去卻頗有一番滋味，而且推著做成的大木排向前行進。

「奇怪！這夥羌人的作戰方法怎麼和漢人學起來了？」太史慈眉頭一皺，隱隱感到不妙，也許這將是一場惡仗。

「定箭！」

太史慈見羌人再次集結攻勢，以步兵方陣向前推進，前面推著高大的木筏，士兵躲在大木筏的下面，便大聲喊道。

一通箭矢射了出去，紛紛掉落在雪地上。

太史慈看後，不禁皺起了眉頭，羌人推動著大木筏前進，即使箭矢射出去，也會被擋在外面。他當即下了城樓，再次集結騎兵，讓人從縣衙的庫房裡取出猛火油，自己則率領兩千騎兵再次拿著炸藥包衝出了城，準備用炸藥給羌人一次重大的打擊。

「衝！」太史慈一聲令下，率領兩千騎兵向城門外衝了出去。

此時，羌人突然停止了前進，大木筏遮擋住了太史慈等人的視線，看不清裡面的情況，以至於無法估算裡面的人在幹什麼。

忽然，從羌人的步兵方陣中射出了無數支箭矢，密密麻麻的朝天空中飛去，如同無數個飛翔著的蝗蟲，鋪天蓋地般的朝著大夏城裡射去。

太史慈見箭矢從自己的頭頂上飛過，感到一絲的不安，羌人作戰的方式向來沒有團體利益，可是今天羌人卻抱成了一團，統一聽候調遣。

「這支軍隊很不簡單……」

戰馬奔馳，太史慈出了城門，看著前方，快要衝到大木筏那裡時，忽然間擋住羌兵戰陣的木筏向兩邊扯開，嚴陣以待的羌人手持大弓，拉滿弓弦，隨後在聽到周圍渠帥的一聲令下後，便是萬箭齊發，朝著太史慈等人射來。

「糟糕！」太史慈見到這一幕，才想起自己的部下只穿戴了普通的皮甲，面對這樣強悍的箭陣，只怕要損失不少兵馬。

情急之下，太史慈立即喊道：「散！」

一聲令下，兩千騎兵分成兩撥人，分別在左右兩翼，然後繼續向羌人的陣營裡衝鋒，但是身後已經有不少騎兵連人帶馬都被射倒在地，一陣哀鳴。

羌人放了一通箭矢後，弓箭手迅即向兩邊散去，在弓箭手後面的長槍兵則排列成排，堵在第一線，一時間長槍如林，槍頭一致朝外，迎接著太史慈等快速衝過來的騎兵。

羌人的戰陣中，另外一撥弓箭手則立刻放出箭矢，密集如雨的箭矢紛紛朝太史慈等人射去，又射殺了不少華夏軍的士兵。

太史慈藝高人膽大，抽出腰中所配鋼刀不停地揮舞著，斬斷不少箭矢，看看就要衝到羌人陣前，來了個鐙裡藏身，將準備好的炸藥點燃，然後用力的拋到羌人的陣營裡。

其餘的騎兵紛紛將炸藥拋出，千餘個炸藥包落入羌人的陣營裡，立刻在羌人中間產生巨大的效應，爆炸聲不斷響起，羌人的步兵方陣立即潰散得不成樣子，許多人四處逃散，好不容易集結的大軍在頃刻間瓦解。

餓何見狀，不知道華夏軍扔的是什麼東西，但見這東西威力巨大，實在是太驚人，一個那麼小的東西扔進去，至少能炸死炸傷二十多人。

周圍的人也顯得很是驚恐，一千多個炸藥包扔在步兵方陣裡，五千多羌人立刻化為一灘血肉，受傷的人坐在地上不停地發出呻吟。

「撤！」

太史慈見狀，立刻下令撤軍，以九百多人換來羌人五千多人的性命，很值得，而且他看出來餓何等人的臉上都布滿了驚恐，他的目的達到了。

羌人潰不成軍，只有零星的箭矢在追趕著太史慈等人，但是均被遮擋下來，未能造成傷害，萬箭齊發的結果是，地上一大片射過的箭矢，而真正被射死的人，卻只有九百多人。

華夏軍的士兵在回去的時候，經過自己戰友的屍體時，便長臂一伸，將戰友的屍體撈起，然後夾在腋下，順利返回到城中。

太史慈等人一回到城中，便立刻組織部下騎上掠奪過來的羌人的馬匹，留下五千人嚴守東門，他自己帶著兩萬多人全身披甲，手持兵刃，再次出城，準備給餓何等布置在西門外的羌人致命一擊。

「擂響戰鼓，全軍衝鋒，殺羌人一個片甲不留！」太史慈手持風火勾天戟，騎著一匹獅子驄，大聲地對身後的騎兵們叫道。

「威武！威武！威武！」兩萬多騎兵全部叫了起來，聲音渾厚無比。

「百步之外用弓箭，百步之內用連弩，二十步內投槍，近身用鋼刀。打開城門！」太史慈將風火勾天戟懸掛在馬項上，取出大弓和箭矢，做出指令。

西門再次打開，太史慈一馬當先，最先衝出了城池，身後騎兵浩浩蕩蕩的全部衝了出去，一股腦的朝著剛剛被打擊過的羌人而去。

餓何等人尚自沉浸在被華夏軍的秘密武器所帶來的巨大壓力中無法自拔，突然見到太史慈等人去而復返，從大夏城中衝出來上萬的騎兵，知道這是華夏軍開始發起進攻了。

「吹響號角，準備迎戰！」

餓何得到徹里吉的命令，就算是戰死沙場，也不能後退半步，徹里吉連親弟弟都殺，他們以六萬大軍來圍攻大夏城，如果再敗的話，他只有死路一條。

餓何身邊的騎兵都隨著餓何一起衝殺了過去，步兵隨後，這些羌人個個精壯，看到華夏軍攻擊過來，雖然對華夏軍的炸藥心有餘悸，但是更多的是仇恨，全部跟著餓何一起衝了上去，大戰一觸即發。

正在這個關鍵的時候，東門城外的燒戈聽到了餓何的衝鋒號角，便立刻集結大軍開始正式攻城。

萬餘名步兵方陣推動著大木筏向大夏城的東門開始發起強攻，兩邊的騎兵則帶著弓箭向前奔跑，在城牆下面不停地騷擾著大夏城上的守兵，為步兵方陣的到來打掩護。

華夏軍也不甘示弱，連弩齊發，守將指揮若定，並且將從縣衙府庫中帶出來的猛火油也抬到了城牆上，又讓人推動著小型的投石機，將炸藥包放置妥當，然後等到羌人靠近時便發射出去。

大戰開始，大夏城的西門外已經兵戎相見，華夏軍騎兵和羌人直接碰撞在了一起，在那塊平地上混戰開來。大夏城的東門這裡，羌人則占據主動權，兩萬多羌人相互配合，以箭矢作為試探，壓制著守軍，華夏軍則象徵性的採取反擊。

這時，步兵們推動著大木筏，將大木筏架在城牆上，組成了一個斜坡，開始向上攀爬，城牆下面是密密麻麻的人群，羌人的騎兵則退到後面，以箭矢掩護。

華夏軍的守將見狀，立刻吩咐屬下用猛火油開始澆灌那些大木筏，然後城門附近的人準備發射點燃的炸藥包，自己和城牆上的士兵奮力迎戰，連弩發出一陣狂射，緊握鋼刀，砍翻一個個快要攀爬到城牆上的羌人。

華夏軍的士兵用猛火油澆灌著大木筏子，猛火油順著大木筏子向下流淌，一股刺鼻的味道便立刻湧現出來，緊接著，華夏軍的士兵用火把點燃了大木筏子，被架起來的大木筏全部燃燒起來，一些羌人腳上沾滿了猛火油，火勢瞬間竄到他們的身上，跟著燃燒起來。

「啊……」

烈焰焚身，痛苦難當，許多羌人慘叫著退去，豈不知一個人退去，惹得周圍的人也跟著著了火。羌人都披著羊皮大衣，是易燃的物品，此時天乾物燥，一經接觸到火勢，便立刻燒著了起來。

與此同時，華夏軍的士兵從城裡拋射出來許多點燃的炸藥，飛過城樓，直接落在城外密密麻麻的羌人陣營裡，一經落地，便立刻產生巨大的爆炸聲，有的引線燒得很快，直接在空中爆炸，聽起來像是一聲晴天霹靂。

「轟隆！轟隆……」

巨大的爆炸聲，燃燒著的烈焰，都帶給羌人無比的震撼。

燒戈見狀，不禁皺起了眉頭，揮舞著彎刀，大聲地叫道：「衝！全部給我衝上去，不拿下此城，誰也別想活！」

於是，更多的羌人開始想方設法的攻城，並且扛著新的木筏架在城牆上，有的更是衝到城牆下面，用套馬索拋射到城牆上，然後拴住城垛開始向上攀爬。

但是華夏軍的士兵沒有給他們任何登上城樓的機會，揮著鋼刀斬殺著羌兵，並且斬斷繩索，推倒木筏，讓羌人無法攀爬城牆。

爆炸聲仍舊沒有停止，一經在羌人的中間落地，便立刻炸開了花，羌人不是死就是傷，肢體遍地都是，鮮血更是染紅了城門口。

大夏城的西門外，太史慈帶著華夏軍的騎兵奮勇拼殺，風火勾天戟所到之處鮮血如注，華夏軍同仇敵愾，氣勢高漲，向羌人發出最後的攻擊。

太史慈更是遇到了餓何，兩馬相交，不到一回合，太史慈便直接將餓何刺死在馬下，兩萬多騎兵漸漸地將羌人包圍在坎心，開始隨意的收割著羌人的頭顱。

夕陽西下，晚霞滿天，一輪殘陽下面，大夏城的西門外血透大地，地上的積雪被熱血融化，變成了一個血色的沼澤，華夏軍無情的踐踏著羌兵，羌兵拒絕投降，奮勇抵抗，但是在兵甲都占據優勢的華夏軍面前，無異是以卵擊石。

大夏城的東門外，戰況更是激烈異常，羌人窮凶極惡般的發起了自殺式的攻擊，明知道前方阻力巨大，偏偏死戰不退，城牆下面躺著的屍體都快堆成一座小山了。

堅守許久的華夏軍，也感到了一絲疲憊之色，五千守城將士只剩下三千九百多人，其餘的大多是死在羌人的亂箭之下，剩餘的這三千九百多人，各個精疲力盡。

守將血透戰甲，整個人成了血人，看著城外的羌人仍在不停地向前攻打，炸藥包都快拋完了，感到了一種莫名的壓力。

他探出頭，看了一下城牆下面的屍體，都快要堆到城牆那麼高了，而且羌人也不再扛什麼木筏子，直接從下面踏著前面的屍體登上城牆。

屍山血海，煉獄之所。

守將急忙對身邊的親兵用嘶啞的聲音喊道：「快去通知大將軍，速來東門增援，否則東門即將被攻克。」

東門城外，燒戈看著這番景象，興奮異常，對他來說，不在乎死多少人，在乎的是能否達成大王所交托的任務，六萬大軍怎麼著也要攻下這座城池。

「衝！給我繼續衝，華夏軍的守軍已經露出了疲憊之色，繼續殺，殺死他們這些狗娘養的！勝利就在眼前，等破了城，大王必然會重重有賞。」燒戈叫囂著，眼睛裡露出了貪婪之色。

第六章

孫子兵法

昨夜司馬懿並未見到徹里吉的人頭，轉念一想可能是被炸藥炸得四分五裂了，為了保險起見，便放上一把火，心想即使有漏網之魚，也會被烈火焚毀，卻不知道徹里吉深諳孫子兵法，懂得穴戰的技巧，因此躲過了一劫。

大夏城的西門外，太史慈率領著一萬多騎兵在對羌人發起最後的一次攻擊。

在這場大混戰中，羌人的頑強抵抗也帶給華夏軍不少的麻煩，出兵兩萬三千騎兵，經過一兩個時辰的浴血奮戰，華夏軍的士兵傷亡慘重，足足損失了四千一百多騎。

同時，太史慈也感受到了一絲的不一樣，這夥羌人從不投降，即使有華夏軍的炸藥這種高殺傷力的武器做為震撼，他們還是視死如歸，大帥死了，渠帥帶領著繼續戰鬥，渠帥死了，小帥接替工作，各部與各部之間銜接緊密，互相配合，已經不再是五年前他們所對付的那個游牧民族了，倒像是經受過正規訓練的軍隊。

「大將軍，東門吃緊，將軍大人要求大將軍立刻率兵支援，否則東門將徹底失守！」一個斥候從人群中找到太史慈，喊道。

太史慈皺起眉頭，站在馬背上看了看，但見羌人還剩下四五千人在負隅頑抗，便道：「讓他再堅持半個時辰，半個時辰後，我必然率領大軍親自抵達！」

斥候遂急忙策馬奔回東門，太史慈繼續率領部下進行戰鬥。

斥候來到東門，將太史慈的命令下達給守將，守將聽後，臉上露出難色，咬牙道：「將炸藥包全部搬到城樓上來，所有士兵全部上城樓進行防守，再堅持半個時辰，千萬不能讓羌人攻克！」

華夏軍的士兵雖然疲憊異常，但好在有炸藥這樣具有大殺傷力的武器，隨著守將的一聲令下，士兵便將剩餘不多的炸藥包全部搬運上來，然後餘下的三千多人全部上了城樓，分成兩撥人，一撥人開始射箭，一撥人則在前面進行抵擋，生怕被羌人攻上來。

「炸藥不要亂用，朝人多的地方扔！」守將下令道。

此時已經進入了黑夜，羌人不眠不休，仍在不停地進攻，巨大的爆炸聲也在不斷地響著，可是羌人卻沒有絲毫害怕，紛紛向城牆上湧去。

燒戈遠遠望去，見華夏軍抵擋猛烈，大怒道：「都是幹什麼吃的，都跟我來！」

說完，燒戈一馬當先，挽起長弓，搭上箭矢，帶著身後的三千禁衛騎兵便朝城門那裡衝了過去，一邊衝著，一邊大聲喊道：「不想死的都閃開！」

有許多羌人躲閃不及，燒戈也沒有絲毫躲避的樣子，直接騎馬衝撞了過去，將自己的部下撞飛了不少。

三千騎兵都是生力軍，從未參戰，一直在觀戰，此時忽然衝了過來，踐踏著屍體堆積而成的小山，便朝城牆上而去，並且張開弓箭，施行精準射擊。

射死不少。

城樓上有燈火，使得華夏軍處在明處，羌人卻在暗處，燒戈等人放出的箭矢全部從黑暗中飛來，華夏軍的士兵分辨不清楚從哪個方向射來，一時間被這撥人射死不少。

城牆上出現了一個缺口，守將見陰影中羌人騎馬踏著屍體登上了城牆，大吃一驚，立刻叫道：「快堵住缺口！」

與此同時，手持炸藥包的士兵則將炸藥朝騎兵隊伍裡扔，手剛抬起來，便被箭矢射穿，手中炸藥包登時落在地上，士兵急忙用另外一隻手拾起，向外扔去，哪知道還沒有扔出去，引線燃燒速度太快，直接爆炸了。

「轟」的一聲巨響，直接將周圍的幾個投彈的士兵炸得四分五裂。

另外一邊的投彈兵見狀，立刻將炸藥包扔了出去，但是此時已經有十幾名騎兵跟隨著燒戈登上了城牆。

這撥人悍勇異常，無不以一當十，立刻在城樓上殺出一片空地，燒戈更是一刀斬殺了守將，又策馬驅趕其餘的華夏軍士兵，他們知道華夏軍的戰甲堅固，所以彎刀一般不是斬頭，便是砍在華夏軍士兵的腿上，一時間華夏軍的士兵損失不少。

這時，後面的羌人騎兵也立刻登上了城樓，開始和城牆上這撥精疲力盡的華夏軍士兵進行著混戰。

「殺！給我殺！大夏城是我們的了！哈哈哈……」燒戈一邊斬殺著華夏軍的士兵，一邊開心地叫道。

正當燒戈還兀自在叫囂的時候，忽然從黑暗中射來一支冷箭，「嗖」的一聲破空響聲，直接朝著燒戈飛去。

等到燒戈意識到危險，早已為時已晚，一支黑色的羽箭直接射中他的額頭，將他從馬背上一箭射翻下去，墜落到城牆上，又滾落了下去，和那堆積在城牆周圍的屍山血海融為一體，被後面上來的羌人騎兵給踐踏的血肉模糊。

城池中，一騎飛馳而出，身後騎兵更是萬馬奔騰，直接朝著東門奔馳而來，昏暗的夜色當中映著微弱的火光，成為血人的太史慈連發五箭，朝著站在城牆上的羌人騎兵射了過去。

城牆上的羌人騎兵無不應弦而倒，周圍的華夏軍看到太史慈率領援兵到來，都歡呼雀躍，本來低迷的士氣一下子高漲了起來。

太史慈丟下大弓，舉起風火勾天戟，沿著樓梯躍馬上了城牆，一桿大戟開路，所到之處立刻刺透羌人身上的戰甲，身後的騎兵更是陸續趕了上來，接替了華夏軍的守城力量，將已經登上城牆的羌人又給驅趕了下去。

與此同時，大批的騎兵從黑暗中殺來，繞過城牆，直接出現在羌人的後方，已經殺紅了眼的華夏軍騎兵個個奮勇異常，任意屠殺著這撥羌人。

羌人大帥燒戈陣亡，幾個渠帥分別指揮自己的部下與之抗戰，但是華夏軍突如其來的從後面殺來，喊殺聲震天，又值黑暗當中，摸不清到底有多少華夏軍。正巧此時城牆上的太史慈大聲喊著援兵來了，羌人以為又有一撥華夏軍前來相助，個個聞風喪膽。

戰鬥進行到這個地步，羌人早已經疲憊異常，攻城不下，反倒是死傷無數，一些人早就萌生了退意。忽然，一個渠帥不願意再繼續戰鬥下去，意識到情況不妙，主動帶兵撤退，其餘的渠帥也紛紛效仿。

一時間，兵敗如山倒，羌人沒命似的向外跑去，華夏軍的騎兵在後面追趕，一路狂追出十餘里，斬首兩千多級，所過之處，那些沒有戰馬的羌人，都淪為了華夏軍的刀下亡魂，一路上屍橫遍野。

戰鬥勝利後，太史慈讓人負責清點戰場，這一戰，大夏城當真成了一個煉獄場，六萬羌人被殺死五萬多人，只逃走了數千騎兵，可謂是個大勝利。

但是，華夏軍也付出了慘痛的代價，三萬大軍死傷過半，戰死的烈士屍體堆積如山，羌人拒不投降的頑強抵抗，著實讓華夏軍吃了大虧。

天亮之後，太史慈巡視整個大夏城，見方圓五里內一片血紅，寒冷的夜晚將西門外的血色沼澤都凍成了冰，在早晨旭日東昇的時候，陽光照耀在上面還泛著紅色的精光，折射到大夏城上，將大夏城弄得如同一座血城。

正午時分，華夏軍才得以忙完清理屍體的工作，龐大的工作量讓華夏軍都感到精疲力盡。最後將所有羌人的屍體都扒光了，聚集在一起澆上猛火油進行焚毀。對於華夏軍陣亡的將士，太史慈則讓人就地挖了一個大坑，將所有的屍體盡數埋在大夏城附近的山裡，取名為英雄塚。

值得一提的是，焚毀羌人的那場大火，由於屍體太多，以至於大火燒了三天三夜，才將所有屍體盡數焚毀。

之後，太史慈開始修繕城牆，並且讓龐德的大軍前來與自己會師，準備等到龐德的大軍抵達後，再向狄道城發起進攻。

與此同時的白石山上。

馬超剛剛獲得魏軍出兵到來的情報，聽聞夏侯淵、徐庶率領兩萬九千名大軍盡數而出，在白石山和烏鼠洞穴山之間的一塊平地上紮下營寨，心中便很是歡喜，當即對蔣石說道：「我現在便帶一半軍馬去襲擊魏軍大營，趁他們剛剛立足不穩之時，殺魏軍一個措手不及，我留一半兵馬給你，你權且緊守此山。」

蔣石聽後，便道：「天將軍，魏軍勢大，將軍只帶五千人去，只怕……」

「不！王雙也會同時從烏鼠洞穴山出兵，這是我早就和他謀劃好的，一旦有敵軍出現在兩座山之間，便同時向敵人發起進攻，既然魏軍抵達了，正是趁著他們遠道而來之時偷襲他們。你只守備此山即可，待獲得了功勞，我分你一份。」馬超打斷了蔣石的話。

蔣石聽後，急忙抱拳道：「多謝天將軍，我定然會守好此山，等著天將軍凱旋而歸。」

「嗯，記住，**我不親自帶兵回來，千萬不要放任何人進山**，收住山中要道。」馬超交代道，畢竟蔣石是張繡的部下，不是他的，對於蔣石的能力尚不清楚，但是想著守備山道應該不成問題，而他此去襲擊魏軍，定然是帶走所有精兵，一時間找不出堪用的將才，便只能交給蔣石了。

「天將軍放心，我一定會把守住山道的，不見將軍回來，我絕對不會掉以輕心。」蔣石保證道。

馬超點點頭，當即點齊精兵良將，帶走五千馬步軍，朝著魏軍大營而去。

正如馬超所估算的一樣，在烏鼠洞穴山上的王雙接到情報之後，也立刻組織精兵良將下山，按照事先約定的方法去襲擊魏軍大營。

魏軍駐紮在烏鼠洞穴山和白石山之間，兩座大山之間相距足有五十多里，魏軍大營駐紮在兩山之間，那裡有一處平地，適合紮營。

魏軍大營裡，夏侯淵聚集眾將，正在商議如何對付馬超和王雙，忽然外面一陣陰風怒號，大風刮斷了一根旗桿，大旗掉下來差點砸死人，士兵在外面一陣罵咧咧的，由於聲音極大，引來了夏侯淵的責問。

夏侯淵扭頭對徐庶道：「軍師，我軍尚未出師，大風便把旗桿吹斷了，不祥之兆啊……」

徐庶笑道：「將軍錯了，這正是吉兆。」

「吉兆？」

「正是。我料馬超、王雙獲悉我軍在此紮營，必然會認為我軍立足未穩，又是遠道而來，定然是人困馬乏，想趁我軍夜晚不備，夜襲營寨。」徐庶道。

夏侯淵點了點頭，說道：「軍師這話倒是有些道理，只不過，那馬超能有如此聰明？」

「不可小看任何一個人，我軍當做到有備無患。」

「願聞其詳。」

「呵呵，這個簡單，他既然要劫營，就讓他去劫，反正一座空營沒什麼好要的，**重點在白石山和烏鼠洞穴山，這兩處才是險要之處，今夜我們便和華夏軍來個移形換位，他來劫我們的營，我們就智取兩座險山**，並且要在今夜殺馬超一個措手不及！」

於是，徐庶當即說出如何布置，夏侯淵聽後，哈哈笑道：「果然妙計，馬超小兒，有勇無謀，今夜就算擒不住他，也要讓他大敗而歸。」

商議已定，夏侯淵喚來帳下兩員健將鄧白和文稷，當即撥給他們每個人各五千兵馬，分別朝白石山和烏鼠洞穴山而去，不過，他們不走大路，而是走小路，還要先等馬超、王雙二人過後才能行動。

鄧白、文稷二人都是夏侯淵的老部下了，也深得夏侯淵信任，於是領命之後，當即便帶兵而出。

此外，夏侯淵又叫來曹休，讓曹休帶領一萬人馬到營寨北面十里處先行埋伏，自己和徐庶只留九千兵馬守營，兩人約定，以火為號。

士兵盡皆派出去後，夏侯淵和徐庶便讓人積極布置防禦措施，並且故布疑兵，只等馬超、王雙前來攻打。

入夜後，馬超從白石山方向悄悄的摸了過來，拿起望遠鏡遠遠地望去，但見魏軍大營守衛並不是怎麼森嚴，當下心中一喜，暗暗地叫道：「魏軍遠道而來，兵馬疲憊，果然不出我所料。」

馬超隨後下令部下原地休息，等到夜深之後，才開始行動。

當夜子時，馬超又用望遠鏡觀看，見營寨中的守營士兵都有了睏意，認為機會來了，便立刻翻身上馬，對身後的部下說道：「今夜劫營，不問老幼，盡皆屠戮，不接受任何投降，凡有人斬殺曹姓之人者，我重重有賞。衝啊！」

話音一落，馬超當即策馬狂奔，提著地火玄盧槍，朝著魏軍大營便衝了過去。

五千馬步軍盡皆是精兵良將，跟隨馬超多年，知道馬超跟魏軍的仇恨，眾人都親如兄弟，便將仇恨轉嫁到自己身上，一個個紅著眼睛，朝著魏軍大營殺了過去。

這邊馬超兵鋒一起，在左邊久等的王雙也隨之回應，左右夾擊，射殺了守營士兵，撥開障礙物，打開了寨門，兩撥人一前一後的馳入了大營，兩下照面，當即開始準備對魏軍進行屠戮，哪知道忽然聽見一聲號炮聲響，藏在營帳當中的魏軍將士登時出現，朝著華夏軍便是一陣猛烈的射擊，先給馬超、王雙等人來了一個措手不及。

「糟糕！中計了！」王雙見狀，急忙叫道：「主人，快撤退！」

「哪裡走！」轅門外傳來一聲大喊，夏侯淵手持大刀，帶領一撥騎兵擋住了營寨的出口，外面更是顯現出許多弓箭手，朝著華夏軍便是一陣猛射，同時魏軍舉火為號。

馬超看到夏侯淵出現了，登時心中一陣大怒，環視一周，見魏軍並不多，當即下令道：「殺！」

一聲令下，華夏軍開始反擊，連弩手快速地射出了箭矢，和魏軍的弓箭手相比，在近距離內，威力要比魏軍還要強大，專射敵軍咽喉，均是一箭穿喉，而且連弩的射速非常快，沒有弓箭拉一下射一下那樣的耗費時間。

華夏軍一共有兩種連弩，一種是一次射十支弩箭的，一種是一次射一支，但是可以連續射擊的，饒是華夏軍被圍困在其中，在強大的箭陣面前，魏軍也紛紛進行躲避。

逆境求生，反而更增加了華夏軍的作戰能力，西北軍本來就訓練有素，所以箭矢上一經較量下來，魏軍便落在了下風。

「用透甲錐進行射擊！」夏侯淵一邊取出透甲錐，一邊大聲喊道。他取出三支透甲錐，瞄準馬超，直接射了出去。

馬超一個鐙裡藏身躲了過去，帶著騎兵向夏侯淵衝了過去，一萬的華夏軍除了開始有些損傷外，慢慢穩住了形勢，步兵混合組成一個戰陣，騎兵則向四面八方衝去，借機殺開一條血路。

夏侯淵見馬超親自到來，急忙棄弓操刀，前去迎戰馬超，勢要報那一箭之仇。

兩人一經照面，便廝殺在一起，刀槍並舉，眼裡都是仇恨之色，只顧著廝殺，卻忘了他們身處的環境。

徐庶遠遠見此情況，不禁憂心如焚，他知道夏侯淵是個急性子，可是沒想到會這麼的急，如此一來，他的計畫就被打亂了，現在軍營裡，魏軍相對較少，只適合遠攻，不適合近戰，夏侯淵竟然將他的話給拋到腦後了。

「現在只能祈求曹休快點趕來了，不然的話，以華夏軍的優勢，我軍只怕抵擋不了多久。」徐庶一邊指揮弓箭手射箭，一邊在心中暗道。

馬超正在和夏侯淵激戰，兩人都是刀槍並舉，捉對的廝殺，周圍數米範圍之內沒人敢近前，生怕被兩個人所傷。

王雙則帶著騎兵，朝魏軍衝了過去，大刀出手，人頭落地，也是勇不可擋。遠在十里之外的曹休接到信號，立刻帶兵前來助戰，大軍馬不停蹄的向前衝鋒。

王雙以個人的武勇，帶著華夏軍的士兵殺出了一條血路，見來路已經被堵死了，西北角卻沒有多少魏軍士兵，當即大喜，帶著士兵便朝那邊衝去。

剛衝到寨門口，正要向營寨外面撤退時，忽然馬蹄踏空，地上現出一個大坑來，王雙猝不及防，直接栽倒在大坑裡，後面的人也跟著栽了進去。

大坑裡均是被削尖了的木樁，王雙一跌落進去，由於鋼甲護體，木樁未能刺穿他的胸部，可是兩條大腿卻被刺穿了，加上上面馬匹又跌落下來，將他給壓在地上，胸口當即被撞得口吐鮮血。

接著，上面紛紛落下來的騎兵都被木樁刺傷，慘叫連連，有的直接刺穿了頭顱，反倒將王雙壓在了最下面。

他仰望著夜空，用盡最後一絲力氣，咆哮道：「主人快走……」

「轟！」又是一聲悶響，一匹戰馬掉落下來，砸在他的頭上，只聽一聲脆響，頭骨被砸碎，當場斃命。

馬超正在和夏侯淵激戰，剛交手不到十個回合，聽見王雙的喊聲，不由得分了心，胡亂朝夏侯淵刺出數槍之後，將夏侯淵逼開，回頭看了眼，但見西北角的一片空地上兵馬攢動，但是卻無人敢向前行進，想必是地上出現了大的陷馬坑，可是無論如何都瞅不見王雙的身影，便大聲喊道：「王雙！」

喊聲震天，無人回應，馬超心裡不由得有一絲不祥的預感。

這時，夏侯淵的刀鋒逼近，一股凌厲的氣勢直接朝馬超的頭頂上劈來，馬超心中一怔，急忙躲閃。夏侯淵的刀鋒直接削掉了馬超頭盔上的盔櫻，這一刀當真好險。

馬超憤恨異常，眼睛中更是通紅，想起王雙對自己忠心耿耿，現在下落不明，生死未卜，全身青筋暴起，回身一槍便刺向了夏侯淵。

夏侯淵正在為剛才那一刀感到惋惜，哪知道馬超槍法過人，在這麼短的時間內便刺了過來，身子扭轉一圈，一個回馬槍便當胸刺來，讓他難以抵擋。

「噹！」

馬超的地火玄盧槍直接撞上了夏侯淵的前胸，發出一聲悶響，夏侯淵被這突如其來的巨大力氣撞下了馬，重重地摔在了地上。

夏侯淵本以為馬超的這一記回馬槍會讓他喪命，哪知道馬超刺過來的不是槍頭，而是槍尾，饒是如此，他也被馬超這巨大的一擊戳傷了內臟，只覺得胸口一陣氣血翻湧，哇的一聲便吐出了鮮血，胸前的戰甲上更是現出一個槍尾的凹槽。

馬超見狀，吃了一驚，剛才受到王雙的干擾，竟然忘了自己的長槍是倒著拿的，讓夏侯淵撿了個便宜，未能一槍將夏侯淵殺死。

他倒轉槍身，縱馬向前，正要去刺摔在地上的夏侯淵時，夏侯淵的偏將突然從兩旁殺了出來，士兵將夏侯淵急忙拉走，遠離了他的視線。

「夏侯小兒，你休要逃走……」馬超一槍刺死一個偏將，一招橫掃千軍，將周圍的魏軍士兵殺了個通快。

可是，這邊剛殺完一片，那邊魏軍又圍了上來，將馬超包圍在內，馬超眼睜睜地看著夏侯淵消失在夜色中，對自己剛才那一槍悔恨不已。

此時，曹休帶人殺了過來，黑夜中分不清來了多少人，華夏軍的士兵由幾個偏將指揮著，在營寨內部聚集在一起，和魏軍展開戰鬥，穩如磐石。

馬超見自己失去了劫營的先機，如果再被到來的魏軍包圍，只怕會有更多的人喪命，殺死周圍的人之後，便策馬向營中走去，帶著自己的部下，便大聲喊道：「全軍撤退！」

一聲令下，所有華夏軍的士兵都跟隨著馬超從西南方向殺了出去，馬超一馬當先，身後騎兵也盡皆個個勇猛，很快便從魏軍那裡殺出了一條血路，當曹休大軍抵達大營時，馬超等人已經盡數退去。

曹休欲追，被徐庶阻止道：「窮寇莫追，馬超悍勇非常，不能緊逼，收拾營寨，打掃戰場，以備不患。」

馬超等人奔出十餘里後方才停下，馬超立即尋來王雙的偏將，一問之下，才知道王雙跌落在陷馬坑中身亡，當即一陣捶胸頓足，嚎啕大哭。

正在這時，蔣石帶著兵馬從白石山方向趕了過來，見到馬超後，當下長吐了一口氣，下馬說道：「天將軍無事，我就放心了。」

馬超見到蔣石到來，急忙問道：「你怎麼來了？我不是讓你守衛白石山嗎？」

「天將軍，不是你派人前來通報，說被魏軍所困，讓我率領大軍前來支援嗎？」蔣石也是吃了一驚。

「可惡的徐庶，又中了他的奸計了。」馬超悔恨地道。

馬超正要商量著奪回白石山，卻見烏鼠洞穴山方向的士兵也來了，當下心知不妙，白石山和烏鼠洞穴山都已經被魏軍占領了。

王雙陣亡，白石山、烏鼠洞穴山又被魏軍襲取，馬超自感無法在此立足，便決定暫時帶領著兵馬退到襄武，準備重整旗鼓，再和魏軍廝殺。

魏軍大營裡。

夏侯淵受了點輕微的內傷，坐在大帳當中，接到鄧白、文稷的戰報後，笑了起來，對徐庶說道：「軍師妙計，實在佩服，讓我軍不費吹灰之力便拿下了兩座險山。只是，今夜未能抓住馬超，實則讓人惱火，而我也差點……哎！不說也罷，馬超英勇，我今日方知不是他的對手……」

「將軍，已經清點完畢，此戰我軍損失兩千餘人，華夏軍損失兩千餘人，並且，在陷馬坑中發現了王雙的屍體，王雙一死，馬超就少了一條臂膀，要再擒獲馬超就容易多了。」曹休進來稟告道。

徐庶沉思片刻道：「首陽縣、鄣縣離白石山和烏鼠洞穴山太近，仍處在我軍的兵鋒之下，如果我沒料錯的話，馬超應該會退兵到襄武，我軍當加速行軍，先行拿下冀城，就有了在涼州和華夏軍消耗的本錢。冀城糧秣充足，是我軍重要的戰略地點，必須要拿下。拿下之後，取得糧秣，便退回到這裡，這裡地勢險要，進可攻，退可守，遠比城池要堅固的多，可以跟華夏軍進行長期對抗。」

說完，徐庶便對夏侯淵道：「將軍，可下令張繡帶領全部兵馬來這裡駐守，狄道城已經失去戰略意義，羌人如果攻下了枹罕和大夏城，兵鋒必然會危及狄道，此時不是跟羌人發生摩擦的時候。」

夏侯淵點點頭道：「軍師言之有理，文烈，即可傳令下去，讓張繡帶兵來這裡駐守。」

曹休道：「諾！」

隴西大戰，馬超、龐德均以敗績收場，太史慈也是雖勝猶敗，羌人的出現以及魏軍的陰謀，直接將西北軍拉入了低迷的狀態。

龐德率軍和太史慈合兵一處，全部屯兵在大夏城，而馬超則兵退襄武，士氣都很低迷。

西北野戰軍自一戰定武威之後，之後的戰績並不輝煌，讓整個涼州的上空籠罩著一層陰雲。

正月二十四，冀城守將迎來了風塵僕僕的司馬懿，當司馬懿問及整個涼州戰事之後，守將便是一聲嘆氣，隨即將涼州戰事告知了司馬懿。

司馬懿聽後，當即讓守將帶兵護送糧草到射虎谷，並且將所有百姓都遷徙到上邽城，只留下兩千士兵隨同他獨守冀城這座空城。

正月二十五，清晨。

司馬懿剛剛用過早飯，忽然斥候來報，說是發現大批羌人正朝著冀城駛來，已經不足五十里。

「果然不出我所料，羌人果真是衝著冀城裡的糧草而來……」司馬懿笑道。

隨後，司馬懿讓人在城中布置了一番，便讓人在城頭上擺下一張桌子，拿上七弦琴，自己則端坐在城樓上，靜靜地等候著羌人的到來。

過了半晌，羌人的前鋒部隊便抵達了冀城城外，看到冀城的城牆上只插著兩面小旗，城樓上更是沒有一點軍兵，不禁起了一絲疑惑。

迷當看後，哈哈大笑道：「大王，華夏軍定然是聽到我大軍驟至，不敢接戰，嚇得屁滾尿流，直接退走了，說不定走的時候連糧草都忘記帶了。大王，我願請命，只需五百騎兵便能攻下冀城。」

徹里吉看了看周圍，心中大起疑竇，說道：「華夏軍的作風，一向是寸土不讓，除非是逼不得已，否則不會就此撤退，定然是有其他什麼原因。或許，這是敵人的奸計……」

正說話間，冀城的城門突然洞開，從城內走出十幾個扛著掃帚和鐵鍬的人，正在清掃著城門口的積雪，看上去悠然自得。

這個時候，從城樓下走上來一個年輕人，不慌不忙地走到早已經擺設好的桌子面前，靜靜地坐下去後，便開始撫琴。琴音悠揚曼妙，清新脫俗，其中更夾雜著一股柔和，似乎對於城外的羌人視若無睹。

此種怪異的情況，讓徹里吉更加多疑，他對部下說道：

「漢人奸詐無比，慣用計策，此必然是得知我軍到來，知道無法抵禦，故意布置成這般清閒，並且裝出士兵盡皆退走的樣子，讓我軍進城，然後再伏擊我軍。哼哼哼，本王久讀孫子兵法，豈能不識此計？我倒要看看，他們究竟能裝到什麼時候！傳令下去，大軍就地紮營，我們跟他們耗，等我軍全部到齊，擺開陣勢，嚇也能將他們嚇退。」

命令下達完畢，迷當便帶人去安營紮寨，後面陸續到來的羌兵盡皆屯駐在那裡，忙著安營紮寨，只有徹里吉親率百人，騎在馬背上靜靜地聆聽著司馬懿的琴聲。

司馬懿坐在城樓上，一邊撫琴，一邊看著羌人的動向，心裡面便冷笑了幾聲，說道：「徹里吉果然上當了，久聞羌王深愛漢學，早晚研讀孫子兵法，如果不是因為這樣，我還真不敢如此鋌而走險……」

第一天，司馬懿彈琴談了差不多半個時辰後便離開了。城門清掃積雪的人也回到了城裡，將城門關閉。城樓上依舊沒什麼變化。司馬懿甚至讓城內守軍放心的埋鍋造飯，放心的睡覺休息。

第二天，司馬懿繼續如法炮製，不過，這一次彈琴彈得要久一些，足足彈了一個多時辰才離開，望見城外的羌人並沒有什麼行動，便回到了城裡。

回到城裡後，司馬懿當即組織士兵埋鍋造飯，然後吃飽之後，開始準備撤離。

午後，徹里吉還在大帳中休息，忽然聽到外面傳來一通戰鼓的聲音，便急忙出帳查看，誰知道外面一點事情都沒有。

鼓聲從城內傳了出來，徹里吉有點不解其意，便喚來斥候，派出去打探一番。

斥候回來之後，彙報說：「冀城已經成為一座空城，司馬懿等人早走多時了。」

徹里吉一陣懊惱，後悔自己沒有及早發起進攻。

隨後，徹里吉下令全軍進城，發現城中什麼糧秣都沒有了，氣得差點七竅流血。在未弄清糧秣的去向之時，徹里吉只好暫時屯駐在冀城裡。

當晚，羌人又困又乏，認為華夏軍早已消失了，便放鬆了警惕。而司馬懿則指揮著兩千個人悄悄地靠近城牆，然後同時放火，將原先早已埋好的引線給點燃。這邊點燃之後，那邊立刻撤走。

不多時，冀城裡便聽見爆炸聲不斷響起，整座城都炸開了鍋，十四萬羌人爭先恐後的向城外奔跑。

司馬懿將冀城內庫存的所有炸藥全部埋在地下，此時一經爆炸，原先運送糧草去射虎谷的士兵已經返回，正好派上了用場，將四個城門堵得嚴嚴實實，誰出來就殺誰，城中炸翻了天，城外殺得也是屍橫遍野。

成千上萬的爆炸聲停止之後，城外的華夏軍便將軍隊開進了城，人人都拿著火把，將冀城照得通亮，見到有沒死的羌人便再補上一刀，非要致羌人於死地，同時將可用的器械、馬匹全部帶走。

一個時辰後，華夏軍從城內走了出來，攜帶著戰利品，興高采烈的，沒想到只這一會兒功夫，十四萬的羌人大軍就此化為了烏有。

司馬懿率部離開冀城，並且放火燒毀了冀城，大火衝天，徹夜不息。回到了射虎谷，同時將消息秘密送達太史慈和馬超處。

天色微明，夏侯淵、徐庶率領騎兵抵達這裡，看到冀城已經殘破不堪，城外還冒著餘火，火藥味、血腥味、燒焦味混雜在一起，讓人無不盡皆掩鼻。

夏侯淵策馬來到城門邊，看到裡面都是被燒焦的屍體，城內被炸得四分五裂，不禁一怔，暗道：「十幾萬的羌人大軍就在一夜之間……全沒了嗎？」

正在夏侯淵感嘆的時候，徐庶策馬來到身邊，看到滿目瘡痍的冀城以及城中燒焦的屍體，他大概能夠猜測到一些什麼。

「將軍，華夏軍有一種很厲害的武器，有人故意引徹里吉等人進城，將原先埋藏在地下的東西引爆了，整座城池已經成為一座廢墟，看來華夏軍中有智謀極其高深的人存在。現在我軍已經失去先機，只有沿途搶掠百姓的糧食為己用了，然後退回到白石山和烏鼠洞穴山一帶，採取守勢，坐等陛下援軍到來。」徐庶說出心中所想。

夏侯淵還不願意相信這是真的，雖然說羌人意外的出現在此，其實也不難想像，冀城中的屯糧是整個涼州的根本，羌人來襲擊冀城，定然是為了糧草，只是，這一切都來得太過突然了，十四萬羌人大軍就這樣在一夜之間全沒了，這是多麼難以想像的事啊。

「看來，也只有如此了，撤軍回去吧。」

夏侯淵黯然傷神，失去了徹里吉這一個強有力的外援，對他的打擊無疑很大。

徐庶和夏侯淵調轉馬頭，剛向前走了幾步，曹休便指著城裡的廢墟說道：

「是徹里吉！」

這聲喊，讓夏侯淵和徐庶都興奮到了極點，急忙扭頭看去，但見徹里吉在迷當、治無戴的保護下，跌跌撞撞的從城裡走了出來，隨後城中的廢墟下面冒出將近千餘人，每個人都帶著驚恐之色，看到城裡的一切，心痛的哀嚎著。

夏侯淵臉上一喜，只要見到徹里吉無事，那麼羌人就永遠是魏國的外援，羌人人口過百萬，死這一點算什麼？而且羌人全民皆兵，這次羌人的精兵雖然盡皆喪失了，但只要惹怒了徹里吉，發動所有的羌人來爭搶涼州，那麼別說涼州，整個秦州都可以收得回來。

「哈哈哈……我就知道，羌王福大命大，一定死不了……」夏侯淵策馬朝徹里吉奔了過去，走到徹里吉的面前說道。

徹里吉一臉的陰鬱，重重地嘆了口氣，一聲不吭，沒有理會夏侯淵，耷拉著腦袋朝外面走去，大概是覺得太無地自容了吧。

迷當忙對夏侯淵說道：「夏侯將軍，你別在意，我們大王這是在暗自懊惱上了那司馬懿的當，結果……如果當時不是我們反應迅速，找到一個地窖鑽了進去，就算不被炸死，也會被華夏軍殺死，昨夜實在是太驚心動魄了，華夏軍他奶奶的熊……」

夏侯淵見這些還活著的人，身上蓬頭垢面，沾滿了黃土，大致猜到了當時的情景，說道：「無妨，只要你們沒事就行，那現在你們準備怎麼辦？」

「怎麼辦？哼，當然是找華夏軍報仇了，大王說，只要回到羌地，就立刻發布備戰令，所有男丁只要是在十五歲和五十歲之間的，全部都要上戰場，血洗華夏軍……」迷當說道。

夏侯淵聽後，開心地道：「如此最好，我們聯手，一定要將華夏軍殺個片甲不留。」

迷當道：「夏侯將軍，我們想借些馬匹，這就返回羌地……」

「這個好說，我們難兄難弟，自然不在話下。」說著，夏侯淵便讓部分騎兵下馬，分給了從城中死裡逃生的數百人，迷當代替徹里吉拜別夏侯淵後，便立刻返回了。

原來，昨晚徹里吉召集迷當、治無戴、伐同、蛾遮塞、一同商議明天該怎麼尋找糧秣的下落。這時忽然傳來一連串的爆炸聲，眾人一起出去張望，但見從城門向裡延伸，爆炸聲不斷響起，房屋什麼的都炸得飛上了天，更別說人和牲口了。

正好有幾個羌人在後院的埋鍋造飯，從地上挖出一連串的炸藥包，將這東西呈現給徹里吉，徹里吉看後，立刻意識到情況的嚴重性，急忙當機立斷，讓士兵在後院發現這一連串炸藥包的地方開始挖掘一個地洞，然後和人一起躲了進去，這才倖免於難。

其餘的人為了求生，大多都跳進了地窖、水井等一些地方。等到全城都炸開了鍋，這夥在地洞裡隱藏的人感受到地面都為之顫抖，後來便是廢墟壓住了洞口，才躲過華夏軍進城的搜捕。

其實昨夜司馬懿並未見到徹里吉的人頭，但轉念一想可能是被炸藥炸得四分五裂了，也沒在意，為了保險起見，便用猛火油澆灌了全城，放上一把火，心想即使有漏網之魚，也會被烈火焚毀，卻不知道徹里吉深諳孫子兵法，懂得穴戰的技巧，因此躲過了一劫。

饒是如此，但是想從被重物壓住的地底下鑽出來，卻也費了不少功夫。由於地底下空氣稀薄，沒有通風口，以至於藏在裡面的許多人都未能生存下來，好在徹里吉在讓人挖掘地洞的時候，專門留了氣孔通向地面，不然他也活不過來。

伐同、蛾遮塞雖然也躲在地下，但是由於他們所在的一處地段直接被重物壓塌了，就等於被埋在地下，永遠都活不過來了。

徹里吉帶著迷當、治無戴等五六百騎兵垂頭喪氣的朝羌地趕，每個人的心裡

都是悔恨異常。

尤其是徹里吉，自己雖然通曉兵法，但是卻不能辨別真偽，以至於中了司馬懿的奸計，喪失了這次爭奪涼州的好機會。

「迷當，我教你說的話，都跟夏侯淵說了嗎？」徹里吉問道。

「都說了。不過，大王，我們這次真的就這麼回去了嗎？難道十幾萬族人的仇就不報了嗎？」迷當疑惑地道。

「報！只是**君子報仇，十年不晚**。我心中雖然有恨，但是絕對不能將羌人拉到瀕危的邊緣。華夏軍實在是太強悍了，現在我們還不是對手，繼續積攢力量吧，等我們搞出像華夏軍那麼厲害的武器，也就是咱們爭霸天下之時。那些東西都保存好，千萬別丟了，回到羌地，就讓那些漢人的工匠去研究研究，看看怎麼樣才能弄出一模一樣的東西。」徹里吉的臉上平淡地說道。

「大王見識不凡，非我等能夠比擬，實在是我羌族之福。」迷當抱拳道。

「我一向自認為有遠見，本以為二十三萬大軍就能永久的占據涼州，可是先是徹里祥失去了精銳的鐵車兵，隨後大夏城戰敗，緊接著我又在冀城失利，看來華夏國確實是藏龍臥虎啊，回去之後，就立刻和華夏國通使，要求歸屬，暫時向華夏國示弱，以求自保。」

迷當、治無戴聽後，都是一陣的羞愧，但是兩個人都明白，徹里吉這樣做，也正是為了保存實力。

「大王，那魏軍呢？」治無戴問道。

「讓他們自生自滅吧，和我們已經沒有任何瓜葛了！」徹里吉道。

第七章

賣主求榮

「呸！賣主求榮的奸賊，我曹文烈對陛下忠心耿耿，豈會背叛陛下？」曹休大聲罵道。

張繡更不答話，冷笑一聲，銀蛇槍陡然生變，使上百鳥朝鳳槍裡最為精要的一槍「百鳥朝鳳」朝曹休刺了過去。

夏侯淵、徐庶、曹休從冀城撤軍回白石山，剛走了不到三十里，便迎面撞上了張繡帶來的軍隊。

夏侯淵吃了一驚，急忙策馬向前，來到張繡的面前，問道：「張將軍，你怎麼來了？」

張繡冷笑一聲，說道：「我來取你狗命！」

話音未落，張繡便手起一槍，直接朝著夏侯淵的喉嚨刺了過去，夏侯淵猝不及防，急忙躲閃，但是張繡長槍也隨之變招，槍尖將夏侯淵周身封鎖住，一陣快速的連刺，將夏侯淵的左臂刺傷。

不等夏侯淵驚呼，曹休、徐庶、鄧白、文稷等人便立刻率軍殺來，知道張繡這是造反了。

夏侯淵哪裡料到張繡會突然反叛，自己被張繡一步步緊逼，連還手的機會都沒有。他第一次和這個號稱北地槍王的張繡交手，張繡出其不意的出招，使他沒有任何防備，左臂中槍不說，連大刀都被挑飛了。

「夏侯淵！」

忽然旁邊一聲大喝，馬超率領著一波騎兵出現在山坡上，華夏軍的弓弩手也全部朝著魏軍射擊，將魏軍堵在了山谷中，張繡身後的將士紛紛向前猛撲，前後左右一起夾擊夏侯淵率領的大軍，一時間山坡上滾石落下，箭矢如雨，射殺了不少魏軍。

馬超更是一馬當先，哧溜一聲便從山坡上馳騁下來，地火玄盧槍當先開道，朝著夏侯淵便奔馳了過去。

張繡使出百鳥朝鳳槍，將夏侯淵牢牢的罩住，等到馬超一到，便立刻喊道：「賢弟，交給你！」

馬超猙獰著面孔，槍法抖出，**夏侯淵剛脫離張繡這頭西北狼，卻迎來了馬超這頭猛虎**，倉促接戰，便和馬超戰在了一起。

張繡則帶領自己的部下朝曹休等人奔馳了過去，長槍開道，兩邊箭矢、滾石不斷地落下，一時間魏軍損失慘重。

馬超奮勇無比，心中存有仇恨，國仇家恨在先，現在又多了王雙的一筆血債，定要向夏侯淵討回來。只見他槍影綽綽，手腕抖動，地火玄盧槍如同一條火舌，殺得夏侯淵擋起來都有些困難。

夏侯淵失去了大刀，只有手中的佩刀接戰，鋼製的刀刃被馬超用長槍給擊打的出現了不少捲刃，連同手臂都被震得發麻。

「這馬超看來今天是吃定我了……」

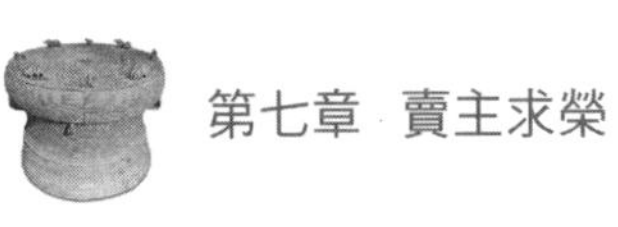

夏侯淵一邊迎戰，一邊注意到自己已經被包圍了，可是張繡和馬超的部下都不再鳥他，而是如同洪水般的朝著曹休、鄧白、文稷、徐庶他們殺了過去，魏軍突然遭逢沒來由的襲擊，一時間損失慘重。

「跟我打，你還有閒心東張西望？看來我還是沒給你足夠的壓力，十個回合內，取你狗頭！」馬超見到夏侯淵心不在焉的狀態，便怒道。

夏侯淵心裡那叫一個苦啊，馬超如同一頭猛虎一般，他自己雖然也是猛虎，可是卻受傷了，遇到馬超這頭饑餓的猛虎，那叫一個慘啊，他是吃不了馬超了，可是馬超卻能把他給吃了。

「你勝之不武，我沒有趁手兵器，很難發揮實力……」夏侯淵叫道。

馬超怒道：「王雙的死，你要負責，戰場上哪裡有那麼多規矩，只求斬殺敵人即可，夏侯妙才，今天就是你的死期。」

一邊說著，馬超一邊加快了速度和力道，一槍揮舞過去，夏侯淵不敢再抵擋，只有躲閃的份。

那邊張繡一桿銀蛇槍殺得昏天暗地，北地槍王五年從未動過槍，此時再次舞出當年馬超所賞賜的銀蛇槍，立刻以吹枯拉朽之勢殺進了魏軍的陣營裡。張繡背後的幾員戰將都個個奮勇，一萬名士兵也如同虎狼一般。

曹休率領魏軍奮力抵抗張繡，自己也操起一桿長槍，當和張繡一照面，便厲聲喝問道：「陛下待你不薄，你為什麼要反叛我大魏？」

張繡冷笑一聲，說道：「當日若非索緒苦勸，我才不願意投降呢，有道是良臣擇主而事，我也是順應天理。你若是就地投降，我可保你無事！」

「呸！賣主求榮的奸賊，我曹文烈對陛下忠心耿耿，豈會背叛陛下？」曹休大聲罵道。

張繡更不答話，銀蛇槍陡然生變，使上百鳥朝鳳槍裡最為精要的一槍「百鳥朝鳳」，只見槍影一層疊一層，一波蓋過一波，加上破空時的聲音，猶如雨點般密集的朝曹休刺了過去。

曹休大吃一驚，雖然舉起了長槍，卻分辨不出來哪個是真的，哪個是虛幻的，正在猶豫不決之時，只見寒光從面前一閃而過，張繡的銀蛇槍便刺中了他的喉嚨，讓他喊都喊不出來，直接被張繡挑下了馬。

「曹將軍！」徐庶、鄧白、文稷見狀，都大聲喊了出來。

但是兩邊滾石、箭矢依然在不停地向下落著，讓魏軍將士都有些吃不消了，只短短的一會兒時間，死亡人數已經過千。

魏軍被堵在中央山道裡，華夏軍的士兵開始向人群中央拋射著點燃的炸藥，炸藥不停地落下，讓魏軍將士都是聞風喪膽。

此時，馬超一槍將夏侯淵掃落馬下，縱馬向前，地火玄盧槍直接穿透夏侯淵的頭顱，讓夏侯淵立刻斃命。

馬超揮刀斬下夏侯淵的人頭，用地火玄盧槍高高的挑著，躍馬上了山坡，大聲地喊道：「夏侯淵已經戰死，爾等若投降，可免一死！」

鄧白、文稷、徐庶等眾多將士見了，心中都是一陣悲憤，但是面對華夏軍和張繡的聯合攻擊，卻又抵擋不住，爆炸聲不斷，將魏軍攔腰斬斷，後軍失去了指揮，陷入惶恐當中，不少人開始丟下兵器投降。

張繡一馬當先，帶著身後的騎兵殺出了一條血路，鄧白、文稷抵擋不住，被張繡用槍掃落馬下，紛紛被擒。

徐庶舉劍抵擋，更是被張繡一槍挑飛了手中的武器，不等徐庶反應過來，張繡長臂一伸，直接將徐庶夾在腋下，麴演、和鸞、蔣石等人都盡皆突入魏軍之中，一時間，魏軍死的死，被俘的被俘，最後一干人等盡皆投降。

這邊戰鬥剛一結束，那邊司馬懿便帶著大軍趕了過來，看到張繡、馬超已經控制了局面，他策馬來到馬超的面前，問道：「馬將軍，魏軍可有漏網之魚？」

馬超道：「全部魏軍都在此處，死傷八千餘人，其餘兩萬餘人因為畏懼我軍，盡皆投降了。」

司馬懿看見馬超的槍上插著夏侯淵的人頭，便知道這一戰勝利了。這時，馬超引薦張繡給司馬懿認識，兩下照面，相互寒暄幾句，司馬懿這才知道張繡和馬超的密謀，不禁稱讚馬超智勇雙全。

馬超也不謙虛，讓人將鄧白、文稷、徐庶等一干俘虜都帶上來，他大喇喇的坐在一塊岩石上，強令這些人都給他跪下，然後叫來刀斧手，準備開始斬首這些夏侯淵的舊部。

司馬懿見狀，急忙勸阻道：「馬將軍，夏侯淵、曹休已死，這些人若是有意歸降我華夏軍，不正好派上用場嗎？還請刀下留人！」

「呸！我寧為刀下鬼，也絕不投降！」徐庶寧死不屈地說道。

「司馬大人，你都聽見了，不是我不留他們，實在是他們根本不願意投降，尤其是這個徐庶，最應該殺！」馬超指著徐庶說道。

司馬懿第一次見到徐庶，當即看了一眼，見徐庶確實是一個鐵骨錚錚的漢子，便道：「這樣吧，徐庶交給我來殺，如何？」

「可以，司馬大人請便。」馬超點了點頭。

司馬懿看了看鄧白和文稷，便道：「這兩個人也交給我吧，馬將軍斬殺了

夏侯淵，已經是一個大功了，我大老遠的來一趟也不容易，總要帶回去幾個人頭吧？」

馬超此時正在興頭上，而且他並不知道羌人被司馬懿一戰搞定的事情，便道：「隨司馬大人的便，夏侯淵一顆人頭遠遠超過他們許多。」

司馬懿笑道：「那多謝馬將軍了。」

說完，便讓身後的人將徐庶、鄧白、文稷全部帶走，等到安全抵達自己的軍中，這才對馬超說道：「馬將軍，還有一件事我忘記告訴你了，徹里吉等人已經全部葬身在冀城裡，如今冀城徹底成為一座廢墟，現在涼州基本上算是平定了。」

馬超怔了一下，深感後悔把徐庶、鄧白、文稷交給司馬懿。

他皺起眉頭，看了一下山坡下的俘虜以及自己這些天浴血奮戰的結果，加起來的功勞，似乎還沒有司馬懿一夜之間搞定十幾萬羌人的功勞大。

司馬懿看出了馬超的心思，笑著說道：「馬將軍送給了我一個大禮，將徐庶、鄧白、文稷交給我，所以我也要送給馬將軍一個大禮，冀城一戰，十四萬羌人全部陣亡的事，我已經派人通知了太史將軍，用的是馬將軍的名義⋯⋯」

「司馬大人，你這是什麼意思？**明明是你的功勞，為什麼要讓給我？**」馬超不解地道。

「哦，我也是按聖旨辦事，這是皇上的意思。」

「皇上的意思？」

「是啊，皇上一直覺得太過虧待馬將軍了，所以……」

「原來皇上一直在惦記著我，我……」馬超深受感動，話音中夾帶著一絲哽咽，眼裡泛出了淚花。

司馬懿接著道：「馬將軍，我已經將涼州的郡城暫時遷徙到了上邽，襄武乃皇上的故里，以後必然會興盛此城，馬將軍可暫時返回襄武駐守，不知道將軍意下如何？」

「就這樣辦，那我即刻返回襄武，不過軍隊所需糧草還要有人運送，存糧已經不多了。」

「這個請放心，我一定派人運送。」

司馬懿當即告辭，帶著徐庶、鄧白、文稷離開了。

走了約莫十多里，司馬懿讓大軍停下，將徐庶、鄧白、文稷帶過來，問道：「我將你們從馬超的手下救出來，你們算是死裡逃生，可否願意歸順我華夏國？」

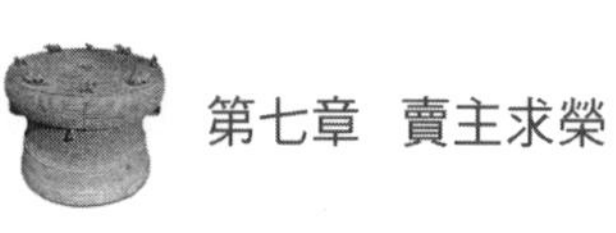

「寧死不降！」徐庶依然是不卑不亢地說道。

「可惜啊，徐元直的大名我早就聽說了，跟著曹操也有些年頭了，可是一直處於不上不下的位置，現在曹操大勢已去，元直兄難道不懂得良臣擇主而事的道理嗎？」

「忠臣不事二主！」徐庶道。

司馬懿聽了徐庶的回答，笑道：「既然如此，那我就成全你。來人啊！」

「大人有何吩咐？」一個都尉走了過來，抱拳問道。

「將徐庶鬆綁，放他走。」司馬懿一聲令下道。

都尉為之一震，怔在那裡，問道：「大人，真的要放？徐庶可是魏國的一大軍師，放了他，等於放虎歸山啊！」

「怎麼？你是想教訓我不知道利弊嗎？」司馬懿扭頭看了都尉一眼。

「屬下不敢！」

「讓你放你就放，哪裡來的那麼多廢話？」司馬懿厲聲道。

都尉無奈，不敢違抗命令，當即給徐庶鬆綁。

徐庶看著司馬懿，說道：「別以為你放了我，我就會感激你，他日再見，我還是你的敵人。」

司馬懿冷笑一聲，說道：「隨你的便，你走吧！」

徐庶什麼話都沒說，扭頭便走，頭也不回。

司馬懿也不過問，轉身對鄧白、文稷二人說道：「你們可願意投降？」

鄧白、文稷雖然是夏侯淵舊部，但是夏侯淵已經死了，魏國的領土盡皆喪失，兩個人和曹操沒有什麼交集，考慮到華夏國的實力，即使以後再在戰場上遇到了，也未必能夠抵擋得住。兩個人心照不宣的一起拱手拜道：「我等願意投降。」

司馬懿笑道：「很好，從此以後，你們兩個就是我的偏裨二將，在華夏軍中，定然有你們出人頭地的一天。」

「多謝大人厚愛。」鄧白、文稷拜服道。

司馬懿這才扭過頭，看了一眼走出不遠的徐庶，心中暗暗地想道：「徐庶啊徐庶，**你骨子裡的東西，我要一點一點的將你磨滅掉，讓你知道，讓你活著，比死了更難受……**」

「撤軍回射虎谷！」司馬懿翻身上馬，大聲下令道。

漢中，南鄭。

城牆上「魏」字的大旗迎風飄展，城內靜謐異常，太守王朗正端坐在太守府裡研讀漢書，忽然見一名親兵匆匆趕來，臉上帶著一股喜色，便問道：「何事如此歡喜？」

「大人，成固縣令張猛剿滅了當地的一夥山賊，正押解到此前來邀功。」親兵回答道。

王朗道：「不過是一夥山賊而已，也用得著如此興師動眾，還讓他親自來邀功？這個張猛是不是太小題大做了？你去應付一下，隨便賞賜給張猛一些東西即可，我不想見他。」

親兵走到王朗的身邊，說道：「大人，這次不一樣，那夥山賊不是一般的山賊，而是蜀漢的舊臣，流竄到成固縣落草為寇的，帶頭的一個人，還是蜀漢的鎮東將軍呢，叫什麼什麼……」

王朗聽到這裡，立即放下了手中的漢書，眼睛裡冒出一絲光芒，像是看到了一種希冀，急忙問道：「張任？」

「對對對……就是這個名字，而且還擒獲了不少蜀漢舊臣，什麼楊懷、高沛、劉璝、鄧賢等都在其中，所以他才親自來邀功……」

不等親兵說完，王朗便道：「張猛人在哪裡？」

「就在城門外面候著，這陣子不太平，所以城門一直是緊閉著的，沒太守大人的命令，我們不敢放任何人進來的。」

王朗哈哈一笑，說道：「太好了，這正是大功一件啊，陛下的大軍正在返回的途中，現在又擒獲了在逃的張任，前不久陛下還發來聖旨，讓我緝捕張任等人，以免留下後患。這才剛過沒多久，就拿獲了張任，真是太讓人激動了。走，跟我出去看看。」

「諾！」

王朗本來是在揚州會稽當太守，當年被孫堅打敗以後，便逃到了海上，後來輾轉流落到了魏國，魏國當年被燕國所滅之後，他僥倖逃到荊州，從荊州又到了漢中，暫時在秦國索緒手下當了一個主簿。後來索緒投降曹操，他又歸屬了魏國，算起來，這傢伙繞了一圈，又成了魏國的臣子。

曹操率領大軍入川之時，索緒舉薦王朗當漢中太守，曹操也就順理成章的同意了。

王朗也確實夠稱職的，漢中留守的兵馬並不多，只有一萬人，分散到各城的險要關隘把守，南鄭城裡就只剩下三千人了。

前幾天他剛剛迎來夏侯衡和皇室成員，以及許多大臣的家眷，為了確保皇室的安全，於是王朗便將兵馬全部抽調了回來，除了險要關隘以外，其餘的兵馬都在南鄭城裡，士兵也增加到了八千人，夏侯衡暫時行大將軍之職，早晚與王朗進行商議。

王朗聽到張猛擒獲了張任等人，喜出望外，因為這件事他要搶在夏侯衡的前面，如果被夏侯衡知道了，那麼功勞他就沒有了，作為一個外臣，要想爬的更高，就要有不同的手段。

不多時，王朗便來到了南鄭城的北門，遙遙望見城下張猛押解著二百多人的俘虜，便笑了笑，當即令人打開了城門。

張猛在城外站著，身後是法正，兩個人看見城門緩緩打開了，心中都是很高興。

「張縣令，切記不要露出馬腳，一切按照原計劃行事。」法正提醒道。

「放心吧，我自有分寸。」張猛道。

城門被打開之後，王朗親自帶著一隊人出迎。

張猛見到王朗出來了，便翻身下馬，單膝下跪，抱拳道：「屬下成固縣縣令張猛，參見太守大人。」

王朗親自將張猛扶起，親切地說道：「辛苦張縣令了……」

他看了一眼張猛身後押解著的俘虜，當看到張任時，眼睛便停留在張任身上，驚喜萬分地道：「果然是張任！」

張猛看見王朗眼神中透出貪婪，刻意加強語調說：「太守大人，下官抓這夥賊人真是不易啊，我不僅受了傷，而且還……」

王朗無心聆聽張猛是如何擒住張任等人，重要的是，張任確實是被擒獲了，他抬起手，打斷了張猛的話，說道：「好了我知道了，張縣令準備將他們怎麼處置？」

「下官不敢貪功，所以特地將張任等人押來交給大人發落，下官只求為大人效勞就滿足了。」張猛小心翼翼地按照法正所教的話說道。

王朗哈哈笑了兩聲，伸出手拍了拍張猛的肩膀，說道：「張縣令，你可真是個識時務的人，不過，本太守也不會虧待你，這擒獲張任的功勞，定然會分你一點的。」

「多謝大人。」

說著，王朗便讓自己的手下從張猛的人手裡接過了俘虜，暫時將他們全部關進地牢，自己又熱情地款待了張猛一番，這才算完事。

城中兵馬大多是王朗的舊部，所以張猛進城的事情並不通報夏侯衡，夏侯衡在太守府中照料著皇室成員，所以也並不知情。

張猛被安置在太守府外的一座大宅裡暫時住下，打聽到魏國的皇室在太守府裡，由夏侯衡率領一千士兵負責保衛，便請法正前來計議。

法正沉思道：「此事超出了我們之前的預料，但是擒賊先擒王，必須先控制住王朗，今日進城的時候，我都看見了，夏侯衡雖然暫行大將軍之職，實際上在南鄭城裡，還是王朗當家，因此行動的時候不要驚動夏侯衡，等放皇上進入城中，再請皇上定奪！」

張猛聽後，點頭說道：「這個好辦，我就說有事情找太守大人，然後將他控制起來，再放出張任等人，不就可以了嗎？」

「嗯，不過，不可以去太守府，要請太守大人到我們這裡來，這樣才容易下手。」法正謀劃道。

「太守大人怎麼會來我這裡？」張猛不解地問道。

法正道：「就說從張任身上搜出了一封書信，是寫給華夏國的，王朗聽後，必會欣然前來。」

「好，我這就去辦。」

於是，張猛派出手下親兵，讓他跑一趟太守府，將事情跟王朗說。

王朗抵達後，張猛先是熱情款待，然後在席間將王朗等人拿下，控制住王朗之後，便拿了王朗的腰牌，直接去地牢，將張任等人放了出來。

之後，張猛又來到城門口，以王朗之令，下令讓士兵打開城門，說是有援軍抵達。

城門開後，早早就等候在城外的高飛、趙雲、卞喜等人策馬一起馳入城中。由於他們外面穿的是魏軍的衣服，打的是魏軍的旗幟，守城士兵也沒有多疑。

高飛、趙雲、卞喜等人進城後，立刻發難，殺了守城將士一個措手不及，一千飛羽軍神威天降，只三兩下便擺平了這撥人，將眾人捆綁在一起，鎖在城樓裡面。

張猛來到高飛面前，稟告道：「皇上，曹魏皇室都在太守府裡，由夏侯衡率領一千士兵保衛著。」

高飛當下調度，先不管夏侯衡，依然打著魏軍的旗幟，穿著魏軍的衣服，迅速來到南門，以王朗之令，抓住了守將，說守將通敵賣國，斬首守將之後，便讓三百名飛羽軍守住南門，讓其他兵士回營休息。

至此，高飛等人已經完全控制住南鄭城的兩座城門，高飛為了不打草驚蛇，便直奔太守府。

這個時候，張猛也帶著從地牢放出來的張任等人去占領了北門。

太守府裡。

魏軍的士兵正在巡邏，高飛等人一臉煞氣的衝了進來，一個都尉上前問道：「來者何人？」

「大膽！」高飛怒道。

都尉吃了一驚，看見高飛有一種很強的氣勢，讓他難以抵擋，再看高飛身上穿著的盔甲都造價不菲，心想是個將軍，以為是曹操派回來的前部，便主動讓開了道路，攔都不敢攔。

「夏侯衡在何處？」高飛質問道。

「書房……」都尉回答道。

高飛不再吭聲，直接帶著人朝書房走去。

漢中太守府很大，占地面積相當廣，分成東西兩處庭院，夏侯衡護衛著皇室住在東院，所以高飛便朝東院而去。

等到高飛等人進了東院，一個士兵急忙過去問那個都尉，狐疑地道：「大人，那人是誰啊，好像沒見過，為什麼就這樣放進去了？」

都尉道：「我也沒見過，但是此人不怒而威，剛才那一聲大膽，叫得我渾身直哆嗦，他身上的盔甲造價不菲，絕非一般軍官，而且身後的士兵個個精壯，全部帶著煞氣，和陛下身邊的虎衛軍無疑，可能是虎衛軍的什麼將軍，我攔他的去路，不想活了嗎？」

「嘿嘿，還是都尉大人眼光犀利……」

此時，夏侯衡和皇子曹丕正在書房裡讀書，忽然聽到外面傳來一陣腳步聲，夏侯衡出來一看，但見高飛、趙雲、卞喜帶著七百衛兵將書房堵得水泄不通，身上穿著的是魏軍的衣服，便問道：

「你們什麼人？」

「舅舅？」

曹丕從門縫裡擠了出來，一眼便看見高飛身後的卞喜，立刻叫了出來。

夏侯衡聽到曹丕這一聲叫喊，仔細瞅了瞅卞喜，心中一驚，立刻抽出腰中佩劍，劍還沒完全出鞘，趙雲一個箭步便跨了上去，長劍直接架在夏侯衡的脖頸上，喊道：

「動一動，就割破你的喉嚨！」

夏侯衡不敢動彈，將武器丟在地上，將曹丕拉在自己的身後，做保護之狀，問道：「卞國舅，你這是做什麼？**當年陛下不殺你，難道你今天要來殺你的外甥嗎？**」

卞喜看了看在夏侯衡身後探出頭的曹丕，臉上一陣羞愧，記得當年自己在魏國做臥底時，如果不是向曹操進獻了卞夫人，他也不會混得風生水起。雖然說卞夫人跟他沒有血緣關係，但是是他救下來的，並且認為義妹，從此兄妹相稱。現在看到十歲大的曹丕還依然叫自己舅舅，心中不禁泛起了一絲親情。

高飛看出了卞喜的心思，對夏侯衡道：「你放心，朕從來不毀人家室，更不會像你們的陛下一樣任意屠城。不過，凡事都有例外。我現在需要借你的一件東西用一用，只要你同意，我保證絕對不會為難其他人。」

夏侯衡聽高飛用「朕」這個字眼，便知道了高飛的身分，但是讓他吃驚的是，高飛居然會長途跋涉來到了漢中，真是出乎他的意料。

他看了一眼背後的曹丕，問道：「你要向我借何物？」

「呵呵，少兒不宜，卞喜，抱著你的小外甥走吧，帶著三百人去見他的母親，如果夏侯衡不同意，你知道該怎麼做。」高飛笑道。

卞喜「諾」了一聲，從夏侯衡的身後一把將曹丕抱走，帶著三百人便離開了。

高飛見卞喜等人走遠了，便對夏侯衡道：

「夏侯將軍，我知道你的父親是神行將軍夏侯妙才，夏侯家一門忠烈，你還有好幾個年幼的弟弟，你也不想整個夏侯家族絕跡吧？只要你按照我說的做，我保證不會傷及無辜。如果夏侯將軍不願意的話，難保不會向曹孟德學習，來個滿城屠戮。城外還有我的十萬大軍，你要是不信的話，可以試試！」

夏侯衡倒是個識時務的人，當即道：「我答應你就是了，請問讓我做什麼事？」

「讓全城士兵卸甲，並且去城外集合。」

夏侯衡道：「好，我照辦。」

說著，夏侯衡便按照高飛說的去做，以大將軍的身分命令全城士兵全部穿著便裝出城，去北城外面集結。

於是，城中除了北門被擒獲的那幾百人魏兵之外，所有魏軍全部集結在了北門外。

高飛隨即讓人關上城門，公開自己的身分，然後對外面的士兵勸降。魏軍尚在猶豫當中，高飛便讓人推出了夏侯衡和王朗，逼他們喊話，對士兵進行勸降。

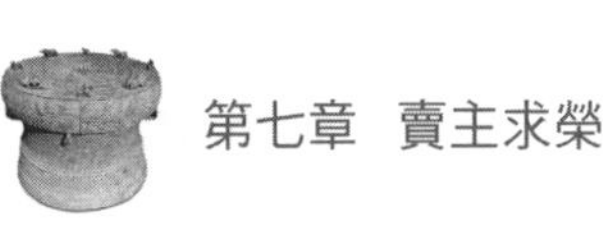

魏軍願意投降的只有一半，當即放入城內，另外一半仍舊在外面的雪地上凍著。

第二天，烏力登、滇吾率領西城的大軍如約抵達漢中，那些在城外凍著的士兵實在受不了啦，便紛紛表示投降。於是，和烏力登、滇吾等兩萬大軍一起開進了漢中城。

有了兵馬，高飛讓王朗寫檄文，傳遍漢中各城，並且分派士兵去搶占險要關隘。特別派遣張任等人率領五千馬步軍去占領定軍山，讓趙雲率領烏力登、滇吾等五千馬步去占領米倉山，遙相呼應。

同時，高飛給徐晃發信，讓徐晃率領安尼塔・派特里奇、高森以及四萬大軍前來漢中，留下郭嘉以及剩餘的東夷弓箭手鎮守秦州。另外，又派出加急信使，奔赴荊州，讓虎衛大將軍甘寧、左驃騎將軍張郃、右將軍陳到帶領水陸大軍五萬，以諸葛亮為軍師，去進攻剛剛滅亡不久的蜀地。

華夏軍經過一個月的苦戰，閃電般的襲擊了兵力空虛的魏國，完全占領了秦州、涼州以及益州的漢中郡，並且迫使西羌王徹里吉對華夏軍稱臣，每年進貢羌地特產。

傳遞消息的信件如同雪花般的飛入益州，傳入了魏國皇帝曹操的耳朵裡。可是，由於山河險阻，路途遙遠，加上蜀道難行，華夏軍進攻華陰關的消息傳到成都時，已經是半個月後的事情了。

這個時候，秦州已經完全被徐晃攻下了，曹操聽到這則消息，不敢相信華夏軍的速度居然如此之快，一方面留下荀彧鎮守成都，自己則帶著十萬大軍回師秦州，日夜兼程，才於二月初一趕到了葭萌關。

這邊魏國的前部大軍剛到，那邊又傳來漢中郡失守的消息，讓魏國雪上加霜。

魏國在征討蜀漢劉璋之前，全國總兵力三十萬，可謂是雄踞西北。在得知華夏軍大舉對荊漢的劉備用兵之時，楊修便主動提議，讓曹操收取積弱的益州，以為增強本國實力。

之後，華夏軍虛張聲勢，西北野戰軍火速出靈州，以試探曹魏國力。曹操看出這是華夏軍的計策，便留下夏侯淵鎮守涼州，徐庶、程昱為謀士，他自己則秘密返回長安。

回到長安後，曹操聚集眾位大臣一致商討是否出兵攻打蜀漢的事情，群臣一致決定出兵攻滅蜀漢，最終確定了滅蜀漢的戰略方針。

他留下曹仁、楊修、陳群、滿寵、劉曄共同輔佐太子曹昂，讓曹昂監國，自己則帶走一半兵馬秘密集結在漢中，準備趁華夏軍攻打荊漢之時，暫時無暇西顧，借此機會消滅蜀漢。

再後來，在漢中遇到了龐統來投，更加堅定了曹操滅蜀漢的信心，於是在華夏軍和荊漢軍的戰鬥爆發之時，便以龐統為前部，對蜀漢不宣而戰，計取葭萌關，叩開了蜀漢的大門，展開了轟轟烈烈的滅蜀戰役。

從整個戰略布局來說，曹操無錯，龐統無錯，楊修無錯，所有的魏國群臣都沒有錯，因為這是一個很好的契機。

首先，所有的人都低估了華夏軍的作戰能力，同時也過於高估了荊漢軍的作戰能力。荊漢軍的軍隊和魏國不相上下，尤其是水軍更是天下無敵，曾經數次突入吳國境內進行搶掠。

但是，讓所有人都沒想到的是，**諸葛亮早已經布下了一個局，荊漢的十萬水軍不戰而降，華夏軍的兵鋒也太過迅速，導致荊漢在華夏軍和吳軍的夾擊之下，很快便被滅國了**。

其次，曹操為了使得劉璋感到恐懼，老毛病又犯了，大軍在兵臨梓潼時，梓潼守將拒絕投降，惹怒了曹操，並且想借此機會給劉璋施加壓力，最終決定屠城。

三萬梓潼無辜百姓盡皆被屠殺，雖然這在以後攻打成都時使得劉璋不戰而降，但是投降後的蜀漢百姓卻對魏軍很反感，各地縣城發生了不下數十次暴動。

曹操的精力完全集中在了蜀地，並且也沒有估算到華夏軍在剛剛攻占荊漢不久的隆冬之際，便開始發動了爭奪西北的計畫，直接導致了秦、涼二州的陷落。

益州。

葭萌關的關城裡，剛剛接到漢中陷落的消息，曹操便覺得頭疼欲裂，長久以來折磨他多時的頭風病再次犯了，使他臥床不起。

神機軍師龐統、虎賁將軍許褚、大司馬夏侯惇、大將軍索緒站在床前，看到曹操難受的樣子，都十分的心疼。

曹操睜著眼睛，望著站在床前的四個貼身近臣，痛苦地說道：

「朕自斬黃巾以來，所經歷戰鬥足有數百次，不論是大戰、小戰，失敗或者勝利，朕從來沒有覺得像今天這樣後悔過。蜀漢羸弱，極易圖滅，只是朕太操之過急，低估了華夏軍的作戰能力，同樣也高估了荊漢大軍，致使一切功敗垂成。如今雖得蜀地，卻不能似秦、涼一樣，蜀地之民厭惡朕，反朕，如果沒

有個三到五年時間，是決計不會安定下來的。今日漢中又陷落於高飛之手，教朕情何以堪啊……短短一個月……一個月啊……朕苦心經營了許久的地方，就這樣沒了……」

「陛下……」夏侯惇、索緒、龐統、許褚聞言，統統跪在了地上。

「朕有此敗，**非戰之罪，只怪老天助高不助曹啊**……朕從中原流落西北，苦心復國，所殺之人無數，然而只存在數載，就瀕臨崩潰的邊緣，朕如何不痛心？」曹操眼裡充滿了憤怒道。

龐統急忙說道：「陛下，蜀地沃野千里，易守難攻，如果我軍把守各個入川要道，必然能夠阻滯華夏軍，死守蜀地，將勢力向南中擴展，徵蠻人為兵，足可與華夏軍形成對峙之勢。」

「不！**朕要讓高飛血債血償，怎麼失去的，怎麼再奪回來**！華夏軍征戰多時，人困馬乏，秦州、涼州之民皆魏國之民，若得知朕回師了，必然回應，還有羌人這個強有力的援兵，徹里吉必然也會發兵攻打涼州，屆時，我魏國便可奪回失地！」曹操搖搖頭，持不同意見。

龐統道：「陛下所言雖然有理，可是華夏軍能夠在短短一個月的時間裡就攻下秦州和涼州，說明兵鋒正盛，如果我們現在和華夏軍交鋒，臣估算不出有幾成把握……」

「你難道想離朕而去？」曹操怒視著龐統，喝問道。

「臣不敢，臣既然從荊州不遠千里來投靠魏國，自然要為陛下效忠，只是臣……」

「那就助朕收服失地，若能收服失地，你的名字將為天下所知，朕也重重待你。」曹操道。

這時，從外面走進來一個人，正是前不久歸順魏國的一員蜀漢將領，姓李名嚴，字正方，現為魏國左將軍。

「啟稟陛下，剛剛哨探前來報告，說已經探明前方動向，華夏國的皇帝高飛現在正在漢中郡中，原蜀漢鎮東將軍張任已經投靠華夏軍，現為虎賁將軍，率領五千士兵駐守定軍山，華夏國五虎大將軍之首虎威大將軍趙雲率領五千精兵駐守米倉山，兩山遙相呼應，形成了漢中郡的一道屏障。另外……另外……」李嚴畢恭畢敬地說道。

「講！別吞吞吐吐的！」索緒厲聲道。

「是，大將軍。另外還探明，陛下的所有宗室都在漢中郡城南征之中……」李嚴道。

曹操聽完這句話後，腦門上汗珠如同雨下，「啊」的一聲大叫，登時從床上一躍而起，頭也不再疼了，整個人恢復了正常，一雙炙熱的眸子盯得李嚴身上發燙，厲聲道：

「傳朕聖旨，讓後面兵馬加速前進，葭萌關外集結。索緒、夏侯惇、許褚、龐統，隨朕出征，李嚴鎮守葭萌關，先以三萬之師攻打定軍山、米倉山，勢要攻下漢中，用高飛的人頭來祭奠為國捐軀的亡魂！」

涼州，上邽。

司馬懿坐鎮上邽城，邀請太史慈、馬超、龐德、張繡一起前來會晤，以監軍身分，準備商議如何恢復涼州的策略。

此時，上邽城的太守府內，太史慈、馬超、龐德、張繡都未曾到來，倒是一名士兵先來了，對司馬懿說了幾句話。

司馬懿笑道：「將他帶上來，以後再有他的消息，不必奏報，直接帶進太守府即可。」

士兵轉身出去，不多時便將一個人推了進來，那個人不是別人，正是徐庶。

此時的徐庶已經沒有往日的風采，蓬頭垢面的，身上的衣服也被劃破了不少。

司馬懿見到徐庶又被抓了回來，笑著問道：「元直兄，這是第多少次了？你這樣折騰，我都佩服你了，你難道還想繼續折騰下去嗎？」

徐庶瞪了司馬懿一眼，對司馬懿這小子恨死了。本來說了是要放了他的，可是幾乎每隔十里便會有一百人的騎兵在前方等著他，抓了放，放了抓，這短短的幾天時間裡，連他自己都記不得被抓了多少次，又被放了多少次。

「你卑鄙無恥！說好放了我，總是在放了我之後又把我抓回來，你還是殺了我算了。」徐庶實在是氣壞了，對司馬懿罵道。

司馬懿呵呵笑道：「我也不想啊，每天為了抓你，我將周圍十里的範圍內都布置了兵力，我願意放你，可他們不讓啊，所以只能抓了放，放了抓。不過，如果你願意投降的話，那就一勞永逸了。怎麼樣？考慮考慮我的建議吧？」

「我說過，我決不投降！」徐庶怒道。

「嗯，可是你也不想死，如果你想死的話，早就自己結果了自己了。元直兄，我知道你是一個有抱負的人，胸中藏有萬千神兵，我華夏國正值用人之際，為什麼你就不願意歸順呢？如今天下大勢都倒在了華夏國這邊，魏國也將不久於天地之間，許多年後，只會成為歷史，你還年輕，還有很長的路要走。元直兄的才華十倍於我，若在華夏國，必然能夠受到重用，總比……」

「你閉嘴，你根本就不想放我，你這是在折磨我。我不選擇自己死，是因為我要回到陛下身邊繼續為陛下出謀劃策，我不怕死！」

「那好吧，那我只好將你暫時關押起來，然後等我了卻了涼州之事，我就帶你去見你的陛下，親自送你回魏國，如何？」

「希望你說的都是真的！」

「帶下去，不可怠慢。」司馬懿擺手道。

看著徐庶離去的背影，司馬懿不知道為什麼，心裡覺得這個人實在太頑固了。

他決定將徐庶帶走，按照他的估計，秦州、涼州被迅速拿下之後，身為皇帝，並且一向高瞻遠矚的高飛，定然不會錯過對蜀地進攻的機會，趁著魏國立足不穩，然後徹底消滅魏國。

第八章

定軍山

定軍山屬大巴山一脈，其脈自高廟子入平地，隆起秀峰十二座，號稱「十二連峰」，再東為當口寺孤峰，自西向東綿延十多公里，如游龍戲珠，故有「十二連山一顆珠」之譽。北麓有一片廣漠沃野，是交戰的最佳地點。

不多時，人報太史慈、馬超、龐德、張繡都趕過來了，離城不到五里路。

於是司馬懿親自出城相迎，將太史慈、馬超、龐德、張繡全部迎入城中之後，便開門見山地道：「在下之所以驚動各位將軍，是有要事相商，讓各位將軍勞師動眾，還請見諒。」

太史慈對司馬懿的能力早就給予了肯定，如果司馬懿沒去長安，或許他和龐德就不會陷入苦戰，馬超也不會敗績，那麼很多人都可能不會死。但是，他不怨任何人，這些部下為國捐軀，正是人生價值體現的時候。

「無妨，仲達，你這麼慌張的召集我們來，必然有要事，但講無妨，我們這些粗人都不會在意太多禮節，也請你不要拘禮。官職不過是身外之物罷了。」太史慈和藹地說道。

司馬懿很喜歡和這些武人打交道，沒有那麼多的心眼，當即道：「既然如此，那我就直言不諱了。現在西北戰事剛剛結束，徹里吉對華夏國稱臣，並且表示將會連年上貢；魏延將軍在敦煌駐守，西域各國也盡皆臣服於華夏國，而一向與華夏國不和的鮮卑人，這次也沒有動靜，北方大體趨於和平之勢。但是，西南剛剛被魏國所平定，我猜測曹操為了爭奪失地，必然會率軍與我軍角逐，可能是一場硬仗。」

對於這件事，張繡最有發言權，當即說道：「曹操必然會來爭奪失地，秦州、涼州是曹操的根基，蜀地雖然平定了，但是絕對沒有秦州和涼州容易管轄。而且征討蜀漢，魏軍並未損耗太多兵馬，十五萬大軍，曹操必然會率領十萬大軍前來爭奪，秦州兵少，必然會是主戰場，我覺得，應該出兵援助。」

「無詔不得擅自調遣兵馬，這是華夏國的鐵律！」太史慈言辭正色地說道：「仲達，雖然你這次在涼州取得了不錯的戰功，但是你在華夏國待的時間也不少了，你應該知道皇上定下的這條鐵律。而且，西北大戰，皇上下令各戰區自行負責，不再受樞密院的調遣，以免延誤軍機，已經是破天荒的第一次了。現在西北剛剛平定，雖然說蠻夷盡皆臣服，但是也不能私自調動兵馬。」

馬超、龐德聽後，都點頭稱是。張繡說錯話情有可原，因為他剛加入華夏國，可司馬懿的意思，大家也聽得很清楚，對此不敢苟同。

司馬懿道：「正所謂將在外，君令有所不受，戰場上的變化微妙，皇上設立樞密院，以樞密院掌握軍機，但也只是個形式，真正帶兵打仗的還是你們，皇上也給了你們充分的自由，讓你們不必拘泥於不化。從秦州到涼州，關山阻隔，皇上連月來一直沒有聖旨下發，以我猜測，皇上必然是帶領一支精兵去攻取漢中了。只怕這會兒工夫，漢中已經成為皇上的囊中之物。我想，現在皇上應該已經下達了調集軍隊的命令，只是路途遙遠，還未抵達這裡。我想說的是，我們可以分出西北軍一支前去漢中援助，這樣不耗費時間，你們認為呢？」

「沒有皇上聖旨，不得擅自調遣兵力。司馬仲達，你不要得寸進尺，西北軍我說了算，這是原則問題，不是靠你的想像就能決定的事情。」太史慈怒道。

司馬懿勃然大怒道：「此乃軍機，兵貴神速，若是皇上怪罪下來，我司馬懿一個人承擔所有的罪責。只有發兵支援漢中，才不至使皇上陷入苦戰。曹操非一般人物，更兼有鳳雛相助，漢中險要之地，關鍵異常，千萬不能被曹魏反攻下來！」

張繡道：「我知道我沒有發言權，但是我敢肯定，曹操必然會率領十萬大軍前來收復失地，一旦讓曹操突破了防線，羌王徹里吉也必然會回應，屆時，涼州、秦州又將陷入征戰當中，只怕再這樣打下去，華夏軍的士卒會疲憊不堪。大將軍，我願意為前部先鋒，率領我本部兵馬一萬，前去漢中支援。」

馬超見狀，道：「大將軍，西北軍二十五萬，此次出兵二十萬征討涼州，戰死接近四萬人，如果十萬大軍鎮守險要之地足夠，何況我的威名羌人盡知，由大將軍坐鎮涼州，我鎮守通往羌族的要道，龐將軍守衛武威，足可以威懾眾人。司馬仲達連番來從未估算錯誤過，先是智取冀城，後去長安支援，前些日子又在冀城炸死了十幾萬的羌人，雖然徹里吉僥倖逃脫，卻也使得徹里吉對我軍畏懼。我從未求過大將軍什麼，這一次我……」

「夠了！」太史慈站了起來，背過身子對眾人說道，「司馬仲達，但願你的嗅覺是靈敏的，只要你的嗅覺靈敏，擅自調兵的罪過，本將軍為你一力承擔，但是如果你的嗅覺是錯誤的，提頭來見！」

司馬懿看了一眼馬超，對馬超感激不盡，同時對太史慈也是感激不盡，畢竟太史慈不是那種不通情理的人。

他當即向太史慈、馬超、張繡、龐德拜了拜，說道：「仲達多謝各位將軍，一日平滅曹操，功勞是大家的，仲達一點不取，倘若出了什麼岔子，仲達也絕不會連累眾位將軍。」

太史慈道：「司馬仲達，你走吧，帶上四萬大軍，連同張將軍本部一萬一同上路，趁本將軍還沒有改變主意之前。」

司馬懿抱拳再次拜謝道：「多謝大將軍成全。」

「司馬仲達，你記住，今天我所做的一切，不是為了你，也不是為了任何人，而是為了華夏國。」太史慈道。

「諾！」

隨後，張繡一起拜別了太史慈，和司馬懿一起帶著五萬大軍離開了上邽。

「張將軍，走秦州入漢中是不是路途遙遠些？」一出城門，司馬懿便問道。

張繡明白司馬懿的意思，說道：「可以走武都，如果皇上真的拿下了漢中，兵鋒必然會被堵在葭萌關外，如果走武都沿著西漢水一直走，便可抵達葭萌關的背後。不過，此道險要異常，山高險阻，河中雖然結冰，但是由於當地多溫泉，所以水面結冰很薄，不能過人，而且前面有一處關隘，攔河而建，如果不突破此關，就無法通過。曹操聰明絕頂，絕對不會有任何紕漏，肯定是重兵防守，如果沒有戰船攻打，很難突破，還容易打草驚蛇。」

司馬懿聽後，對張繡道：「如果走陰平道呢？」

張繡怔了一下，沒想到司馬懿對當地的地理如此瞭解，當即道：「走陰平道的話，豈不是要繞很遠的路嗎？」

司馬懿道：「雖然繞點路，應該兵力較少吧？」

「我懂你的意思了，那就陰平道？」

「走陰平道。」

兩個人商議已定，便帶著大軍浩浩蕩蕩的走了。

豫州某大山深處。

張飛身上背負著丈八蛇矛和青龍偃月刀，踏著厚厚的積雪，一步一個腳印的艱難向山中行走，一邊走，一邊大聲地喊道：

「二哥……二哥……你在哪裡啊……要是聽到的話，就回答我啊……」

聲音傳入山谷，響起無盡的回音，聲音交疊在一起，傳得更遠了。

張飛吃力的向前行走，自言自語地道：「山上的獵戶說見過二哥，就在山上住，可是我都找了兩天了，為什麼還是尋不見二哥？」

自從關羽神秘消失之後，張飛便背負著兩種兵器到處尋找關羽，一路打聽，才找到了這座不知名的大山裡。

苦苦尋找一個多月，大年三十的夜晚，張飛都是孤苦一人過的。為了這份兄弟之情，張飛受了不少罪，但是，他無怨無悔，大哥已經不在了，他不能再失去二哥。

話說，當張飛聽到劉備被殺的消息時，本以為自己會流眼淚，心痛，然後痛哭一場。可是不知道為什麼，他聽到的時候，整個人卻是十分平靜。**那份桃園結義的情誼，海枯石爛的盟約，不知道什麼時候，竟然開始變質了。**

現在，**他只把希望寄託在關羽身上**，找到關羽，哪怕一起開個小店也好啊，反正幹過肉鋪，大不了再開一間，兄弟兩個再把家人接過來，歡歡喜喜的一起生活，以後他的女兒嫁給關羽的兒子，關羽的女兒再嫁給他的兒子，這是多麼美好的事啊。

張飛懷著憧憬，想著想著便笑了起來，絲毫沒發現在自己頭頂上方的岩石上，什麼時候忽然多了一個人。

「三弟！」

張飛聽到這個聲音，心中一驚，急忙抬頭，但見關羽站立在岩石之上，驚喜喊道：「二哥……我找你找得好辛苦啊……」

「三弟……」關羽從岩石上跳了下來，將張飛給抱在懷裡，兩個人相擁而泣。

之後，關羽帶著張飛來到山上一個極為隱蔽的山洞裡，洞中點著篝火，溫暖異常。兄弟倆坐在篝火邊，相視而笑。

「二哥，大哥死了，是被吳狗殺死的……」張飛嘆了口氣，淡淡說道。

關羽張開丹鳳眼，神情黯淡，說道：「我聽說了，我會為大哥報仇的，只是現在還不是時候。」

「二哥，漢國沒了，我們該何去何從？」張飛問。

「我想暫時隱居山林，過上幾年逍遙自在的日子，你呢？」關羽炙熱的雙眸盯在張飛的身上，問道。

張飛低下頭，沒有說話。良久，他看了一眼自己的丈八蛇矛，道：「那我留在這裡陪伴二哥。」

「不管大哥生前是怎麼對待我們的，大哥始終是大哥，桃園結義的誓言不能忘。現在大哥死了，整個天下半數以上都控制在華夏國的手裡，以華夏國的強大，以後必然會一統天下。高飛此人文韜武略、見識非凡，只怕現在已經無人能敵。三弟，你不適合過這樣平淡的生活，你的性子烈，待上十天半個月還行，時間一長，你必然會煩躁異常，你還是按照你心中所想，去另謀出路吧！」關羽和張飛心意想通，又怎麼會感受不到張飛心裡的變化呢，於是緩緩地說道。

「二哥，我不！你不走，我也不走！」張飛堅持道。

「三弟，你放心去，早晚有一天我們會再次團聚的。再說，你我的家人以及大哥的家人都在華夏國，我要拜託你多費心照顧了。」關羽誠心地道。

「二哥，你……我找你找得那麼辛苦，好不容易見面了，你又要趕我走，你總該讓我和你在一起住段時間吧？」

關羽想了想，看了眼靠在山洞石壁放著的青龍偃月刀，道：「也好，正好可以教授他一些我的刀法。昔日我曾經敗給趙子龍，三弟之勇遠在我之上，可是和趙子龍誰勝誰負，我始終猜測不出，既然三弟要去華夏國效力，為兄自然要助你一臂之力。」

「二哥……我什麼時候……說我要去華夏國效力了……我……」

「這裡又沒有什麼外人，你跟我還隱瞞什麼？大哥已經不在了，沒必要再遮遮掩掩了，昔日在冀州，大哥假死之時，你第一個就想去投靠高飛，然後借高飛的力量為大哥報仇，而且高飛和你雖然說不上情深義重，但是曾經兩度放你，又贈你名馬，高飛是有意要讓你在他帳下為將。如今高飛已經是華夏國的皇帝了，華夏國五虎大將軍中，以趙雲為首，武藝最為出眾，如果你能夠一舉擊敗趙雲，你在華夏國的地位就會尊崇萬分，對你、我以及大哥的家屬才更有實力去保護……」

張飛聽到關羽的這段話後，暗暗想道：「原來二哥早就知道了我的心思，不過二哥說得也對，我應該肩負起保護兄弟三人家屬的責任……」

「三弟，我姑且留你在此住半個月，以你的武藝，半個月內，絕對可以將我的刀法練成，到時候你再自己融會貫通，一定要用我教你的刀法擊敗趙雲，這樣一來，也就等於我擊敗了趙雲。」

張飛嘿嘿笑道：「二哥，你真陰險……那我乾脆將我的矛法教給你，你去和趙雲再比試一番，你親自贏他，豈不是更好？」

「那好，這半個月，我教你刀法，你教我矛法，我們兩個人互相學習。以後我若要再見到趙雲時，定然親自贏他！」

二人計議已定，便決心互相傳授對方平生武學，而張飛也決定歸順華夏國，肩負起保護三家家屬的重擔。

與此同時，漢中郡，南鄭城。

高飛已經發出好幾道聖旨，在聽聞曹操率領十萬大軍抵達葭萌關時，覺得自己的兵力太少，便立刻又派出斥候去涼州送信，要求太史慈抽調五萬大軍前來漢中援助。

這邊斥候剛剛離開，那邊卞喜便進來了，急急報道：「皇上，曹操率領三萬大軍正朝定軍山方向駛去，臣不敢耽擱，星夜來報。」

「曹操御駕親征，更兼有龐統為軍師，只怕張任難以抵擋，你即刻傳令下去，集結一萬大軍火速支援定軍山，此山絕對不能有任何閃失。我先帶人去定軍山，你率領那一萬大軍隨後趕來。」

不知道為什麼，高飛感到前所未有的緊張，大軍到來，路途遙遠，而且烏力登、滇吾從西城攜帶來的炸藥有限，這一陣子戰爭不斷，炸藥的消耗極為迅速，就算從洛陽再徵調過來，也已然是來不及了，所以，他決定親自去定軍山會一會這個老對手曹孟德。

「諾！」

高飛即刻率領一千名飛羽軍以及法正一起出了南鄭城，留下張猛鎮守漢中。

定軍山是三國時期有名的戰場，素有「得定軍山則得漢中，得漢中則定天下」之美譽，可見定軍山對漢中的作用之大。當然，這一作用是突出在防禦蜀地的基礎上，只是對於西南面而已。

定軍山屬大巴山一脈，其脈自高廟子入平地，隆起秀峰十二座，自石山子至元山子，號稱「十二連峰」，再東為當口寺孤峰，自西向東綿延十多公里，如游龍戲珠，故有「十二連山一顆珠」之譽。

定軍山的山南有一個天然鍋底形的大窪，周長三四里，喚作「仰天窪」，可屯萬餘兵馬，自山上俯瞰山下。定軍山北麓有一片廣漠沃野，亦可屯兵，也是交戰的最佳地點。

定軍山的仰天窪裡，張任得知曹操親征，前部先鋒夏侯惇的兵馬已經逼近，便聚集眾將，當即計議道：「曹操老賊御駕親征，以三萬之兵前來攻打定軍山。我已經差人去告知虎威大將軍，請他移師天蕩山，與我軍遙相呼應，只要固守此山，縱使曹操老賊有十萬大軍，也決然不可攻克。眾將從今天起，開始嚴加防範，沒我命令，任何人不得私自下山。」

楊懷、高沛、劉璝、鄧賢四將聽後，都抱拳欣然領命。

之後，眾人散去，各帶一千人於山中要道設伏。

張任等人都是蜀漢舊將，對當地地理十分熟悉，一時間便利用定軍山險要之勢，很快便布置下了一張防護極高的陷阱網。

「快點！都加快行進速度，中午之前必須趕到天蕩山！」

趙雲一馬當先，策馬來到路邊，將手中暴雨滅魂槍向前一招，對部下大聲喝道。

前面烏力登開路，後面滇吾押後，趙雲身處中軍，帶著五千馬步軍迅速地從米倉山轉移到天蕩山。

天蕩山位於漢中盆地西端，在沔陽縣城北四公里處，與沔陽縣城南的定軍山遙遙相對，地勢險要，與定軍山成犄角之勢，為漢中盆地西部門戶，西控川陝要徑，北扼陳倉古道南口，是古代控制秦、蜀間道路和陳倉道南口，確保漢中盆地安全的重要軍事屏障，因此在歷史上是兵家必爭的軍事要隘。

張任對蜀地地形十分熟悉，深知天蕩山的重要性，得知曹魏的大軍出葭萌關，便立刻通知趙雲移師天蕩山，與其形成犄角之勢。

高飛命令趙雲去米倉山駐守，事實上是對巴蜀地理不太瞭解，錯誤的估計了位置，當時法正、張任等一干蜀漢舊將都以為高飛準備親自帶兵駐守天蕩山，所以也沒有提出反對意見。現在雖然知道高飛的錯誤，再指點出來，已經為時已晚，消息與其通傳到南鄭城，不如直接送達趙雲處，張任相信趙雲能夠明白他的良苦用心。

趙雲文武雙全，當張任派人送信到米倉山時，便立刻分析利害關係，首度違背了高飛的聖旨，私自調兵從米倉山進駐天蕩山。

張任那邊仍在積極布置陷阱，趙雲這邊在加快行軍，與其相呼應的曹魏大軍的前部也沒閒著。

夏侯惇身兼數職，親自帶著五千馬步軍為前部先鋒，當先開道，清掃路面積雪，為曹操率領的大軍清除障礙。

「離定軍山還有多遠？」夏侯惇隨口向蜀漢的降將孟達問道。

孟達答道：「已經不遠了，最多還有三十里。」

「三十里？」夏侯惇看了一下現在的進度，便道：「加快進程，天黑之前務必要清理完畢，陛下親率大軍在後，不要給本府臉上抹黑！」

聲音落下，魏兵幹得更加熱火朝天。

「士元，以你猜測，我軍攻打漢中，可有幾成勝算？」曹操騎著馬，扭頭對身邊的神機軍師龐統說道。

龐統自從助曹操攻略了蜀地，便受封為神機軍師，一人之下，萬人之上，除了曹操能夠調度外，其餘人都要聽他的調遣，可謂是十分禮遇。

他笑了笑，回答道：「陛下莫問，十天之內，士元自然會助陛下拿下漢中。」

「十天？朕很期待。」曹操笑了，有龐統的這番話，他就無憂了。

西元一九七年，二月初五。

氣溫開始慢慢回升，晝夜的溫差已經明顯拉大，山下的一些積雪也開始慢慢消融，冰面逐漸融化。

整個大漢天下，基本上都趨於穩定，但是在巴蜀一帶，漢中郡的上空卻瀰漫著一層陰雲，**一場大戰即將拉開序幕**。

定軍山下，夏侯惇等人已經抵達，駐守山下，但是他卻很小心，遠離定軍山足足有五里下寨，因為已經探明在天蕩山上也有華夏軍，他害怕被前後夾擊，所以不敢靠得太近。

夜幕降臨之時，曹操、龐統、索緒等人盡皆抵達，夏侯惇早已安好了營寨，眾人一到，便隨即入住，三萬大軍悉數進入營寨之中。

埋鍋造飯之後，眾人紛紛飽食一頓，之後曹操召集龐統、索緒、夏侯惇一起計議。

中軍大帳中，曹操說道：「定軍山、天蕩山互為犄角，此二山乃是漢中屏障，尤其是定軍山尤為重要，朕想聽聽你們的意見，當先取哪座山？」

索緒駐守漢中多年，對於漢中地形十分的瞭解，當即道：「天蕩山乃定軍山之輔助，占據了天蕩山便可俯瞰定軍山的仰天窪，窺視敵軍的一舉一動，當先取天蕩山。」

夏侯惇道：「大將軍身處漢中多年，對漢中地形可謂是瞭若指掌，既然大將軍說攻打天蕩山，那就攻打天蕩山。不過，我要做先鋒。」

曹操聽後，看著夏侯惇說道：「先鋒乃是偏、裨將軍的事情，你是軍中大將，豈能事事衝鋒在前？」

夏侯惇不服氣的說道：「先鋒尤為重要，若一戰失利，必然會影響軍中士氣，我為先鋒，必然能夠取勝，以振奮軍中士氣，有何不可？」

曹操皺起了眉頭，如今曹氏、夏侯氏的子弟盡皆戰死沙場，獨存夏侯惇一人，他甚為憐惜，生怕夏侯惇再出什麼事，自己就又少了一條臂膀。

他道：「不行，先鋒之職，朕另擇他人，你率軍鎮守營寨。」

「陛下，我……」

「不要再多言，否則調你去押運糧草。」曹操厲聲道。

夏侯惇見曹操動怒，便看向龐統，朝龐統使了個眼色。

龐統會意，開口道：「陛下，糧草押運由荀丞相調度即可，臣以為，夏侯將軍為先鋒沒什麼不妥，如果尋常小將為先鋒，一旦遇到趙雲、張繡，只怕很難抵擋，夏侯將軍武藝超群，足可以堪當此重任，以振奮其軍心。而且，臣也力薦夏侯將軍，攻取定軍山，全繫在夏侯將軍一人身上了。臣知道，陛下是擔心夏侯將軍有所閃失，但是如果畏首畏尾，也必然會受到束縛。」

夏侯惇聽完龐統的話，便明白曹操為什麼不讓自己做先鋒了，當即跪拜道：「陛下！元讓自從追隨陛下身邊，從未有過貳心，也早已經將生死置之度外，就算是戰死沙場，也以此為榮。自跟隨從大王來到西北，曹純、夏侯恩、曹仁、曹真、曹休、夏侯淵相繼戰死沙場，**陛下不能為了臣一個人的性命而忽略了最重要的東西，那就是天下**。陛下是天下人的陛下，臣只是陛下的臣，雖死無憾，還望陛下成全！」

索緒也從旁勸道：「陛下，臣以為夏侯將軍忠勇異常，實在是不可多得的先鋒人選。」

曹操道：「你們都起來吧，朕自有主張，夏侯元讓聽旨！」

夏侯惇當下臉上一陣喜悅，拜道：「陛下萬歲萬歲萬萬歲！」

「夏侯元讓，頂撞朕，觸怒龍顏，念在以往功勞上，朕暫且不究，現貶謫為贊軍校尉，負責押運糧草之事，保護從葭萌關到定軍山糧道。」曹操宣布道。

夏侯惇愣了一下，本以為曹操會改變心意，讓自己做先鋒，沒想到卻是將自己貶為贊軍校尉，讓自己去押運糧草，這算是哪門子事嘛。他肚子裡窩著火，但是不敢對曹操發，極為不情願的領旨謝恩，然後轉身便走，頭也不回。

龐統、索緒都不太明白，現在正值用人之際，夏侯惇又是魏國一等一的大將，為什麼不讓他做先鋒，反而讓他去押運糧草。

曹操沒有做任何解釋，對龐統、索緒說道：「傳令下去，明日一早，全軍攻打定軍山！」

索緒吃驚道：「陛下，趙雲駐守天蕩山，天蕩山尤為重要，如果趙雲率眾下山來攻，我軍豈不是腹背受敵？」

龐統也猜測不透曹操是怎麼想的，他很同意索緒的策略，先取天蕩山，然後窺視定軍山，逼迫張任下山前來決戰，不出三日，必然能擊敗張任。

曹操冷笑一聲，雙眸中冒出一絲精光，說道：「你們只管照朕的吩咐去做，兵營只留一千人馬足矣，其餘人全部跟朕去攻打定軍山。」

龐統、索緒都不解其意，但是又不能違背，便抱拳道：「臣等遵旨。」

夏侯惇回到自己的營帳，當即大聲喊道：「拿酒來！」

親兵跑了過來，一臉難色的說道：「將軍，陛下剛剛頒布了禁酒令，並且派人收取了所有的酒……」

「讓你拿你就去拿，哪裡那麼多廢話？出了事情，本將一人承擔！」

夏侯惇心裡不痛快，想不出曹操為什麼要這樣對他，居然派他去押運糧草，這種事情，向來只是他的偏將、裨將做的。

不多時，親兵抱著一罈酒走了進來，夏侯惇接過以後，便悶悶不樂地喝起了酒。

這時，許褚帶著虎衛軍的將士來到帳外，在外面大聲喊道：「夏侯將軍，我奉陛下聖旨，前來取酒，請夏侯將軍將所有酒水全部呈上來。」

夏侯惇一聽到這話，當下就來氣，大踏步的走出大帳，掀開簾子，看到許褚站在帳外，帶著虎衛軍的將士，便賭氣將自己懷中抱著的酒罈舉了起來，說道：「酒在這裡，有本事你就來拿啊！」

許褚瞅了夏侯惇一眼，不跟夏侯惇一般見識，伸手便去取酒。哪知道夏侯惇退回了幾步，當著許褚的面將酒咕咚咕咚的灌進了肚子裡。

「拿下！」許褚臉上變色，當即喝令道。

虎衛軍將士立刻將夏侯惇給包圍了起來，伸手要去抓夏侯惇。

夏侯惇哪裡肯從，當即退入大帳，冷笑道：「想拿我？也要有這個本事才行。陛下不讓我做先鋒，我看誰能擔任先鋒之職！」

許褚怒道：「贊軍校尉夏侯惇，陛下已經發布了禁酒令，任何人不得飲酒，否則杖責一百軍棍，你身為贊軍校尉，居然敢知法犯法，罪加一等！而且你還拒捕，罪上加罪，就別怪我不客氣了。」

說著，許褚便擼起袖子，露出一雙粗壯的手臂來，將佩劍交給身邊親兵，大踏步走進夏侯惇的大帳，瞪著夏侯惇道：「我再問你一次，你到底願不願意接受懲罰？」

「有本事你來拿我啊！別人怕你，我可不怕。」夏侯惇滿身的酒氣，說話時還打著酒嗝。

「那就別怪我了！」說著，許褚虎軀一動，便朝夏侯惇撲了過去。夏侯惇當即將手中的酒罈子給扔了過去，朝許褚的頭上砸去。

許褚不躲不閃，用頭撞碎酒罈子，剩餘的半罈酒灑了許褚一身。但是許褚的頭卻沒有絲毫受傷，他如同一隻飛起來的巨熊，撲向夏侯惇，雙拳同時揮出，朝夏侯惇的腦門上擊打過去。

夏侯惇突然一個後空翻躲了過去，緊接著，許褚雙腳落地，地面都為之顫抖，地上更是深深地陷了進去。

這邊許褚剛落地，那邊夏侯惇便衝了過來，飛起一腳踹向許褚的胸口。許褚不躲不閃，眼看著夏侯惇的飛腳踹來，他伸出手，直接抓住夏侯惇的一條腿，然後原地轉圈，像是扔鐵餅一樣，將夏侯惇給扔了出去。

帳外的虎衛軍見夏侯惇被許褚扔出來，紛紛讓開，只聽得一聲悶響，夏侯惇便重重地摔在了地上。

夏侯惇被許褚這麼一扔，當眾出了醜，更加的氣憤，翻身而起，將身上的勁裝給脫了，赤裸著上身，露出一身結實的肌肉，前胸、後背上盡是道道斑斕的傷口，讓人看了觸目驚心。

「許仲康，我今天要和你一較高下！」夏侯惇手握一雙鐵拳，朝許褚宣戰道。

許褚見夏侯惇怒了，知道真正的攻擊才要開始，依舊不躲不閃，當夏侯惇的雙拳攻擊過來時，他總是用自己笨重又結實的身體去抵擋，雙臂猶如一堵鐵牆，接連擋下夏侯惇的攻擊。

「砰砰砰……」

二人交手不斷，夏侯惇處於攻擊方，許褚採取守勢，但是夏侯惇的身形較快，拳法迅速，有好幾拳許褚沒有擋住，但是，只有夏侯惇知道，他的拳頭雖然落在許褚的身上，卻猶如打在鋼板上，不但沒有對許褚造成傷害，反而讓自己的拳頭很受傷，已經有多處破皮了。

「許褚這個傢伙……」夏侯惇看著許褚，暗暗想道：「我還是第一次跟他交手，沒想到這傢伙居然這麼強，不用兵器是不行了！」

一想到這裡，夏侯惇便大聲地對許褚吼道：「我要和你馬上對戰！」

「馬上給我滾回葭萌關！」

一聲怒喝猶如滾滾天雷從黑暗中傳來，聲音傳入夏侯惇、許褚等人的耳朵裡，眾人立刻跪在了地上，不敢再吭一聲。

曹操從黑暗中走來，踏進營帳的一瞬間，便聞到一股濃烈的酒氣，夏侯惇裸著身子，許褚身上卻濕漉漉的，地上還有碎裂的酒罈以及灑落的酒水。

看到這一幕，曹操便明白了一切，當即轉身說道：「仲康，派人連夜將夏侯元讓送到葭萌關，不得有一刻停留，貶為軍司馬，以儆效尤。」

許褚點點頭道：「諾！」

夏侯惇心中極度的不平衡，半個時辰前，他還是大司馬，半個時辰後，他卻成了一個小校的軍司馬，雖然只差一個字，但是官職卻相差十萬八千里遠。他見曹操離開的背影，不知道為何，胸中怒氣難填。

夏侯惇雖然被貶官了，可還是堂堂正正的開國功臣，受封的也有爵位，因此許褚還是畢恭畢敬的向夏侯惇拜道：「將軍請吧！」

夏侯惇白了許褚一眼，怒道：「不用你們送，我自己會走！」

說著，夏侯惇穿上衣服，然後帶著兩名親兵，騎著馬，拿上自己的兵器，便迅速離開了大營。

這邊夏侯惇走了以後，許褚回到曹操那裡，報告道：「陛下，夏侯將軍已經離開了。」

「嗯，很好，你去吧，明日隨朕出征。」

「諾！」許褚出了大帳，親自護衛在大帳外面。

魏軍盡皆是遠道而來，此時都是人困馬乏，除了巡邏隊伍外，其餘的士兵全部休息了。

月上枝頭，一個黑影趁人不備，離開了魏軍的大營，以最快的速度朝天蕩山而去。

天蕩山上。

趙雲、烏力登、滇吾等人都枕戈待旦，靜候今天在曹魏行軍過程中安插進去的斥候。

二更時分，守山士兵帶回了風塵僕僕的斥候，送到趙雲的大帳裡。

「拜見大將軍！」斥候一進大帳，立刻行跪拜之禮。

「免禮，魏軍情況如何？」趙雲問道。

斥候答道：「魏軍大司馬夏侯惇因為觸怒曹操，被貶謫為軍司馬，遣返到葭萌關去了。另外，魏軍已經下達命令，明日辰時出征，大營裡只留下一千人，全軍都去攻打定軍山了。」

「定軍山？」趙雲皺起了眉頭，狐疑道：「曹操不是一般人物，放著天蕩山不打，怎麼跑去打定軍山？」

「這個屬下也不清楚，只知道龐統、索緒二人都極力勸阻過，但是曹操卻沒有聽從，大概是怒火攻心，急著攻打漢中的緣故。」

「我知道了，你一路辛苦，既然從魏軍大營裡出來，就不要再去了，現在下去休息吧。」趙雲道。

「諾！」

「大將軍，**曹操到底玩的是什麼計策啊**？居然全軍盡出去攻打定軍山，難道就不怕我們從背後偷襲他嗎？」烏力登問道。

趙雲冷笑道：「連你都能看出曹操的破綻，一向足智多謀的曹操不會不明白自己的處境。我想，**這其中必然有詐**。」

「那我們該怎麼辦？如果大軍全部去攻打定軍山，張任那邊能受得了嗎？」

烏力登問道。

「張任對這裡的地形非常的瞭解，相信他已經在進山的道路上布置了許多陷阱，定軍山易守難攻，進山只有一條路，只要張任不下山，曹操雖然有數萬之眾也奈何不了他。我們分兵去取葭萌關，劫掠魏軍的糧道，魏軍無糧，在這裡也待不了多久的。」趙雲仔細的分析一番後，說道。

烏力登道：「那好，末將願意去劫掠糧草。」

「我亦願同去！」滇吾也抱拳道。

趙雲聞言道：「滇吾與我同去，烏力登將軍，你留下緊守山道，無論如何都不要輕易下山。」

「諾！」

商議已定，趙雲便帶著滇吾及兩千馬步軍下山去了，留下三千兵士交給烏力登，讓烏力登緊守天蕩山。

趙雲、滇吾連夜下山，二人一路朝葭萌關方向而去，夜路難走，山道險阻，馬匹極難通行，所以不得不下馬步行。

一行人走了不到二十里路，便進入到一條險象環生的陡峭山路，只容得下三匹戰馬並列通行，一側是萬丈深淵，另外一側則是陡峭的山壁，兩千人馬不得不擺出一字長蛇陣，迤邐而行。

趙雲第一次走這種蜀道，方知為什麼人稱「蜀道難」，怪不得曹操大軍遲遲無法回援，這種山路縱然是十萬大軍，恐怕也要走上一兩天。在火把微弱的火光映照下，趙雲不禁感嘆，就算能把曹操擊退，以後要攻擊蜀地，這種山路也極難行軍。

黑暗的夜裡，盤旋又崎嶇的山道中，華夏軍兩千士兵點著火把，生怕會不小心跌落山崖，遠遠望去，猶如一條火龍盤旋山中。

「轟隆隆……」

忽然，一聲巨響從陡峭的山壁上傳來，趙雲等人都緊張萬分，巨大的聲音像是山壁上的滾石落下，眾人都停在原地，仔細聆聽。

「砰！」

一顆大石從山壁上滾落下來，石屑亂飛，小石子也不斷地從山崖上滑落，直接砸中三個華夏軍士兵，連人帶馬跌落山崖，掉入萬丈深淵當中。

滾石過後，再無任何聲音，除了風聲之外，什麼都沒有，靜謐異常。

趙雲本以為是中了埋伏，可是現在看來，應該是山上的巨石出現了滑坡，這才掉落下來的。

「繼續前進！只不過是山體滑動而已……」趙雲在前軍大聲喊道。

眾人緊張的心隨即放鬆下來，為剛才掉落山崖的戰友默哀。

大軍繼續前行，眾人剛行走了不到十步，陡峭的山壁上忽然傳來許多隆隆的聲音，不斷有滾石落下，黑暗中辨別不了到底有多少。但是大家的心裡此時都徹底明白了，山上果然有伏兵，絕對不是偶然的山體滑動那麼簡單。

趙雲騎上戰馬，急忙調轉馬頭，喊道：「有伏兵，撤退！全軍撤退，中計了！」

但是兩千人前後距離太長，加上山上滾石不斷地落下，蓋住了趙雲的喊聲，華夏軍士兵每個人都屏住了呼吸，緊貼著山壁，只有這樣，才能僥倖不被滾石所傷。

「哇啊……」滾石不斷地落下，長達三里的山路上，前後都有滾石，兩千華夏軍將士死傷慘重。

趙雲施展起平生所學，暴雨滅魂槍的槍法毒辣異常，每每有巨石向他砸來，往往能夠做到怒濤穿石，一槍便能將巨石擊得粉碎。

起初他還勉強可以躲閃和抵擋，但是到後來滾石越來越多，越落越快，就看趙雲也已經略顯吃力了。

忽然，山壁上傳出無數聲弦響，數不清的箭矢朝他們射了過來，即使是靠在山壁僥倖躲過大石襲擊的士兵，不是頭頂中箭，就是身上中箭。同時，前後山道上出現了伏兵，將華夏軍的將士堵在中間這段狹長窄小的險路上。

烏力登在後軍壓陣，見魏軍將士忽然殺來，便下馬與之奮戰，砍死了三個士兵後，映著微弱的亮光，但見許褚虎視眈眈的舉著刀凌空劈來。烏力登猝不及防，被許褚一刀斬殺，人頭落地，滾落到山崖當中。

於是，許褚當先開道，古月寶刀在手，盡情的收割著還未死去的華夏軍士兵。華夏軍士兵哪裡是許褚的對手，被一個個砍翻在地。

前軍也同時出現了魏軍士兵，趙雲在前，突殺數人，魏軍士兵見趙雲勇猛，暫時不敢靠近，紛紛用箭矢射向趙雲。

趙雲用槍遮擋，但是夜間終究視力受阻，無法辨清，但聽座下獅子驄發出一聲悲鳴的長嘶，轟然向山崖裡倒了下去。

趙雲來不及跳下戰馬，隨著獅子驄一同墜落山崖，暴雨滅魂槍也落在山道中，**整個人墜入那深不見底的萬丈深淵之中……**

魏軍將士見趙雲墜落山崖，個個像是打了雞血一樣，紛紛喊道：「虎威大將軍趙雲死了……趙雲死了……趙子龍死了……」

華夏軍士兵聽了義憤填膺，剩下的二百多人紛紛同仇敵愾，殺向魏軍。但最終由於寡不敵眾，紛紛被斬殺。

天色微明，戰鬥也結束多時，曹操帶著龐統、索緒來到這裡，見許褚一臉高興地過來，便問道：「戰況如何？」

「華夏軍兩千將士全軍覆沒，虎威大將軍趙雲墜落萬丈深淵，平東將軍烏力登被我斬殺，可惜人頭滾落山崖之下了。」許褚歡喜地道。

曹操聽到趙雲墜落山崖之後，臉上露出惋惜之色，道：「可惜了，一員虎將啊，如果為我所用，何以至此？派人到下面去尋找，我要確切的知道趙雲到底死沒死。」

「諾！」

「撤軍，先克天蕩山，再攻定軍山，今日務必要在兩個時辰內拿下這兩座山！」曹操下完命令後，便調轉馬頭離開了。

曹操回軍途中，龐統、索緒兩個人都充滿了狐疑，但是又不好意思開口詢問，可想了很久，也不明白曹操是如何得知軍中有華夏軍的奸細。

「你們想問什麼就問吧。」倒是曹操看出了龐統、索緒兩人的心思，開口說道。

龐統道：「陛下此計毒辣異常，知道趙雲厲害，所以想出先破趙雲的計策。趙雲雖然有勇有謀，但必然不及陛下的謀略。只是，臣不知道陛下是如何得知軍中有奸細的。」

「呵呵，朕曾經和趙雲有過許多次接觸，此人小心翼翼，文武兼備，是一員良將，但是，也是這份小心翼翼害了他。華夏國的斥候體系非常的完善，可謂是無孔不入。我軍遠道而來，在夏侯惇安營紮寨之時，是斥候最容易混進去的時候。所以，朕才試探了一下，並未真的肯定會有奸細。如果成功，則可除去趙雲這一大患；如果不成功，只當做是竹籃子打水一場空，對我軍也不會損失什麼。沒想到，我軍當中果然有敵軍斥候存在，這樣一來，趙雲必然會以為我在大營那裡留了後手，不攻大營，反而去劫掠我軍的糧道。」曹操解釋道。

龐統聽後，心中暗道：「雖然陛下如此說，只是亂打一耙，不過陛下用兵老道，十分的毒辣，刁鑽，倒是我該學習的地方……」

索緒聽後問道：「陛下，那臣現在就先行回營，調集兵馬攻打天蕩山！」

「不！」曹操抬起手道：「兩座山一起攻，以強兵攻打天蕩山，朕親自率軍堵住定軍山，讓兩座山之間相互不能馳援。」

「陛下，臣不敢苟同。臣以為，當先取天蕩山，然後圍點打援，將張任騙下山來，比攻打定軍山容易得多。張任對蜀地非常瞭解，必然在定軍山上埋下陷阱，攻擊定軍山實在是太過不易，只怕會消耗太多兵馬。」龐統反對道。

曹操笑著說道：「軍師言之有理，不過，朕親自攻打定軍山，也正是此意。張任聰明，即使天蕩山失守了，他也未必會去救，因為他知道，定軍山比天蕩山要要緊得多。張任對朕屠殺梓潼百姓之事頗有微詞，朕親自去激怒張任，必然能使得張任下山來戰。沒有了趙雲，天蕩山也就形同虛設，不過卻也不能留作後患。」

龐統聽後，深深地佩服道：「陛下英明，臣年少才疏，讓陛下見笑了。」

曹操笑道：「軍師不必謙虛，只是朕經歷的多，軍師經歷的少而已，畢竟薑還是老的辣，對嗎？」

龐統笑而不答，但是心中卻越來越佩服曹操，心想：「如果沒有我，單以陛下的能力，也定然能夠攻克蜀地吧？」

回到軍營之後，曹操積極調兵遣將，讓索緒率領大軍一萬五千人攻打天蕩山，自己則帶領五千馬步陳兵在定軍山北面那個廣袤的地方上，讓龐統坐鎮大營，同時將趙雲身亡的消息告知華夏軍。

曹操讓人拿著趙雲的暴雨滅魂槍矗立在地上，開始朝山上叫喊，另外一邊，則讓索緒拿著趙雲散落的頭盔，在天蕩山下叫喊。

天蕩山上，滇吾看見索緒用槍挑著趙雲的頭盔，又聽到趙雲身亡的消息，無限的悲憤。面對山下魏軍的挑釁，滇吾卻視而不見，聽而不聞。

但是，其餘將士卻義憤填膺，紛紛前來向滇吾請戰。

大帳中，滇吾掃視了一眼軍中大大小小的軍官，大到校尉，小到伍長，都站在他的面前，要求下山出戰，為趙雲報仇。

滇吾怒道：「此乃魏軍的奸計，若大將軍果真陣亡了，為什麼他們不提著大將軍的頭來，只是一個頭盔，說明不了什麼。大將軍臨走之前留有軍令，沒有大將軍的命令，任何人不得私自下山。大將軍如果真的戰死了，我又怎麼會不痛心呢。你們都回去吧，切勿再言。」

「將軍！」眾人紛紛跪在了地上，朝著滇吾叩頭道：「我等皆是大將軍親隨，無論大將軍是生是死，我等都願意下山與魏軍作戰，請將軍成全……」

「胡鬧！天蕩山地勢險要，你們怎麼可以胡來？都給我退下！」滇吾怒道。

這時，一個士兵急忙跑了進來，慌張地道：「將軍！魏軍開始攻山了，一萬士兵鋪天蓋地般的朝山上湧來，守山士兵傷亡慘重！」

滇吾臉色一變，急忙出帳，大聲喊道：「都隨我來，無論如何都要守住此山！」

山下。

索緒騎著戰馬，望著山上的華夏軍，身邊的五千弓箭手排列有序，紛紛放出箭矢，一陣一陣的箭矢密密麻麻的，對山上的華夏軍施行面性打擊，不斷有人被箭矢射中，死的死傷的傷，只好躲在岩石下面。

索緒將長槍向前一招，步兵便開始向山上衝鋒，在箭矢的掩護下，步兵毫無阻擋的便衝到了華夏軍的防禦陣地上。

「停止射擊！」

索緒見兩軍已經兵戎相接，不再需要什麼箭矢了，也怕誤傷到了自己人，便抬起手下達命令，自己靜靜地觀望著從四面八方衝上山去的八千士兵。

隨後，索緒調轉馬頭，對自己的副將索倫說道：「你替我守住這裡，此山已經沒有懸念了，占領住天蕩山後，將魏軍的大旗插在山上，然後分一半兵馬駐守此地，沒有軍令，不得下山！」

索倫是索緒的族弟，聽到索緒的吩咐之後，便諾了一聲，代替索緒指揮。

索緒帶著另外兩員部將索隆、索羅以及兩千衛軍朝相反方向去支援曹操。

第九章

聖鷹銀槍

「這傢伙……是什麼槍法？」

許褚吃力的格擋著，眼前總是出現那個在銀槍身上裝飾的金鷹，晃得他眼花繚亂，好像每一槍使將出來，都有一隻老鷹向他飛來一般。

張任手中那桿聖鷹銀槍虎虎生風，逼得許褚只能力擋。

定軍山上，人報趙雲已被曹操殺死，趙雲之槍在山下矗立，而且魏軍正在攻打天蕩山。

張任聽到這個消息後，坐立不安，不知道消息是真是假，從定軍山上遙望天蕩山，但見天蕩山上，魏兵如螞蟻一般爬上了天蕩山的半山腰，華夏軍的士兵正在奮力抵抗，兩軍交戰的聲音不絕於耳。

「將軍，大將軍不會真的死了吧？不然的話，以大將軍的身手，誰能將大將軍的槍奪走？」楊懷疑心道。

張任道：「不會，如果大將軍真的死了，曹操必然會拿著大將軍的人頭來，可是他現在只是拿著大將軍的槍，說明大將軍還活著。但是，大將軍必然是凶多吉少。傳令下去，無論如何，任何人都不能下山交戰！」

話音一落，高沛便從外面急忙趕來，報告道：「將軍，那些軍官吵著要見將軍，請求下山與曹操決一死戰。」

這時，一群校尉、都尉、軍侯、軍司馬、屯長、什長、伍長等大大小小的軍官紛紛闖進了大帳，個個臉上都是義憤填膺的，一進入大帳，便一起拜道：「我等請求與魏軍決一死戰！還請將軍成全！」

張任道：「不行！定軍山險要異常，就算是魏軍拿著大將軍的人頭在下面耀武揚威，也絕對不能下山，只要緊守此山，縱使魏軍有十萬之眾也無法攻克。魏軍遠道而來的消息，皇上必然知道，我相信皇上定然率領援軍在來的途中，一切事情，等到皇上來了再做定奪！」

那些軍官都是趙雲的部下，對趙雲有著深厚的情誼，張任、楊懷、高沛、鄧賢、劉璝雖然都被冠以將軍之名，但是屬於他們這一派系的士兵不過才二百來人，其餘的兵馬全是趙雲的部下，他們聽到趙雲身亡的消息，個個皆是義憤填膺，恨不得馬上就下山去和魏軍決一死戰，現在聽聞張任不願意出兵，都大抱不平，紛紛退走。

張任立刻喊道：「將這一干人等全部拿下！」

帳外的衛軍都是張任的部下，聽到張任的命令，立即動手將百餘名還沒反應過來的軍官全部擒住。

「張任！你莫非要造反嗎？」一個校尉喝問道。

張任道：「隨你們怎麼說，但是只要你們在我的軍中一天，就要聽我的號令，死守定軍山，任何人不得下山，這是死命令。」

這時，劉璝從外面走了進來，稟告道：「將軍，不好了，那些士兵都下山去和魏軍交戰了，喊著要為大將軍報仇，我攔都攔不住……還有，這裡有李嚴的一封信，請將軍過目！」

張任叫道：「糟了！定軍山休矣！放開他們，全部隨我去指揮戰鬥，止住那些下山的士兵，否則的話，漢中將無險可守！」

定軍山下。

曹操見華夏軍士兵忍受不住下山來尋仇，便讓弓弩手來一個射殺一個，不少華夏軍士兵紛紛死在了山腳下。

這時，索緒帶著索隆、索羅一起來到，見華夏軍的士氣已經崩潰了，士兵不聽從將軍的號令，只顧給趙雲報仇，不禁覺得曹操的計策實在是高明，如此一來，定軍山半個時辰內必可拿下。

曹操見索緒來到面前，便問道：「你怎麼來了？天蕩山拿下了？」

「八九不離十，沒有什麼懸念，臣擔心定軍山，所以帶著兩千士兵前來助戰。」索緒道。

「很好，你來得很及時，你率軍繞道定軍山的背後，然後當道下寨，以巨石堵住道路，朕料高飛必然會率領大軍前來馳援，從南鄭到這裡，差不多一天的路程，算算也該差不多到了，另外從大營裡抽調五千士兵，七千大軍擋住要道，即使高飛率領援軍抵達，一時半刻也無法突破。」曹操道。

「臣遵旨！」

話音一落，索緒便按照曹操說的去做，先讓索隆、索羅去下寨，自己則到大營傳達聖旨，抽調五千兵馬。

曹操守住下山的道路，兩邊是勁弩手，中間是弓箭手，他帶著一千騎兵在許褚的護衛下，望著華夏軍從山上不停地下山來送死，冷笑一聲道：

「沒想到趙雲的魅力如此大，不過，如果不是因為如此，我也無法攻克這兩座大山。仲康，搜索趙雲屍體的人可有回音？」

許褚答道：「暫時沒有，山谷太深，下去不易，不過他們一有消息，必然會前來稟告的，請陛下寬心。」

「其實，趙雲是死是活已經不重要了，從那麼高的地方摔下去，不死也殘廢啦，而且朕的目的達到了，如果趙雲還活著，記得把他帶回來，朕要親自和他暢談一番。」曹操笑道。

「臣遵旨，臣這就去傳達命令。」

定軍山上。

張任、楊懷、高沛、劉璝、鄧賢等人來到半山腰，看到三三兩兩的士兵衝下山去，卻有去無回，張任便轉身對那群前來請戰的軍官喊話道：

「你們看看，這樣下山，只有死路一條，大將軍的仇不但報不了，反而連你們也戰死了。我和曹操有不共戴天之仇，曹操老賊屠殺梓潼百姓時，我的妻女都在梓潼，一同被他屠殺了，君子報仇，十年不晚，我尚且能壓制住心中怒火，為何你們不能？」

眾軍官盡皆汗顏，當即道：「那現在該怎麼辦？士兵紛紛下山，我們也無法阻止啊……」

「從現在起，所有人不可再有下山的，你們各歸本隊，好好安撫部下，大山是我們的藏身之處，只要我們不下去，曹操老賊就別想攻上來，就算開始強攻了，也讓他損失慘重，一定要堅持到陛下援軍到達。去吧！」張任道。

「諾！」眾軍官答應下來，紛紛離開。

當這些軍官回去之後，每個人都用自己的威信來駕馭士兵，並且說趙雲未死，那只是魏軍的騙術，士兵這才深以為然，之後再無下山的人，紛紛埋伏在山林當中。

曹操在山下等了許久，見沒有士兵下來，意識到不妙，心道：「朕太低估張任了，沒想到這傢伙的頭腦也不差……」

隨後，曹操下令攻擊大山，先以兩百士兵作為前部，上山探路。結果，兩百士兵紛紛踩中陷阱，全部葬身在陷阱中。

曹操見定軍山被樹木和積雪覆蓋，心生一計，當即讓人放火燒山。這條計策，實在是毒辣異常，三千士兵立即放火，當大火燒毀不少樹木之後，樹木倒落，燃著其餘的樹木，大火開始源源不窮的向山上蔓延。

一時間，大火熊熊，濃煙滾滾，整個定軍山像是一座烤爐，火勢不斷向上蔓延。

同時，大火融化了山上的積雪，積雪變成了水，從山上流淌下來，被積雪覆蓋住的陷阱全部呈現了出來。

一個時辰後，大火燒到了山腰，華夏軍將士不得不向山上退去。

張任看到前山被焚燒，魏軍士兵從後面跟進，逐漸堵住了定軍山的進山要道，不禁一陣頭皮發麻。

此時，天蕩山上的華夏軍將士盡皆戰死，滇吾等三千將士無一人投降，在和魏軍對抗了足足一個時辰後，終於因為寡不敵眾被完全殲滅，整個天蕩山一片屍山血海，白雪也成了紅色的，天蕩山的山寨上，魏軍大旗迎風飄揚。

張任見無路可退，當即對剩餘的四千多將士說道：「定軍山險要異常，絕不能丟失，趁著大火還在山腰，我軍還有足夠的時間，現在全軍到了非常時刻，全部給我搬運大石頭，圍成一個圈，砍掉相互連接的樹木，阻止大火蔓延，一會兒如果魏軍強攻大山，就算是死，也要死在這座山上。」

將士們被張任視死如歸的勇氣和膽量所感動，齊聲高呼道：「我等願意與定軍山共存亡！」

四千多人構建壁壘，砍伐大樹，準備迎接魏軍新一輪的攻擊。

曹操讓士兵上山，見到陷阱就拆除，為大軍強攻定軍山做準備。

高飛率領一千飛羽軍的將士艱難的走在蜀道上，此段山路崎嶇異常，眾人沒有騎馬，將馬匹丟在了後面，雖然是步行，但是眾人健步如飛，在亂石叢生的蜀道上行進極為輕快。

「加快速度，天黑之前，務必要趕到定軍山！」

幾十里的山路，高飛才走了一半，就已經氣喘吁吁了，額頭上滿是汗水。

正在此刻，忽然看到定軍山方向傳來滾滾濃煙，每個人的心頭都為之一驚。

「曹操放火燒山？」高飛立時想到這一點，狐疑地叫了出來。眾人不敢有片刻停歇，加速朝定軍山方向而去。

不多時，前方一個斥候前來稟告，說索緒率軍擋住了前進的道路，曹操放火燒定軍山，虎威大將軍趙雲生死未卜，天蕩山失守，烏力登、滇吾等人全軍覆沒。

一連串的消息像是一支支利箭一樣，射穿了高飛的心臟，讓他感到心痛不已，如果定軍山再有個什麼閃失，那麼漢中就無險可守，將全部暴露在魏軍的攻擊之下。

高飛雖然憤恨，卻沒有失去冷靜，急忙問道：「索緒有多少人？」

「大約七千馬步軍，當道下寨，擋住了去定軍山的必經之路。」斥候道。

高飛皺眉道：「前往定軍山還有什麼路？」

「只此一條，別無其他。其餘都是險要的峭壁和懸崖，無法行軍。」

高飛聽後，當即讓斥候做嚮導，帶著他繞到定軍山背後，準備攀爬險要的地段。

一千飛羽軍都是訓練有素的精英，刀、槍、劍、戟、箭、騎術都樣樣精通，同時還經常在險要大山裡攀岩，五年磨一劍，五年中，這些從全國各個軍中選拔

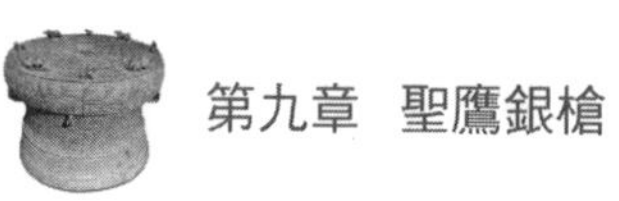

出來的一千名精英中的精英，等待的就是這一刻，對於他們來說，攀岩早已經是如履平地。

午後，高飛等人來到定軍山的背後，看到定軍山雖然險要，卻不是太高，最頂峰最多只有八百多米，而且定軍山不是垂直的，雖然有些陡峭，卻也不是高不可攀。

「好了，大家先歇息一會兒，一會兒就開始向上攀岩，魏軍雖然堵住了有形的道路，卻堵不住我們心中的道路，大家加油！」高飛握著拳頭，做出了加油的手勢，對部下喊話道。

高飛擔心卞喜，便讓斥候去通知卞喜，讓他暫時放慢行軍速度，不要和魏軍接戰，只堵住道路即可。

斥候走了以後，高飛等人歇息了半個時辰，然後就開始攀爬定軍山。

定軍山上，張任帶領將士們已經構築了一層壁壘，圍繞著定軍山的大營半圈，看著前方熊熊的烈火，眾人都嚴陣以待。

在壁壘前面，一排排大樹都被砍伐了，光禿禿的露著木樁，大樹被切割成許多段，放在壁壘前面，做防禦用的檑木；壁壘後面堆積了許多石頭，一旦發現有魏軍攻上來，便用滾石、檑木招待他們。

天色將晚，大火瀰漫著整個定軍山，熊熊的烈火將兩軍分得很徹底，下面是滿山遍野的魏軍，上面是無路可退的華夏軍，兩軍對峙許久，都在等待著大火熄滅的那一刻。

定軍山下，曹操望著山上的火勢不再向前推進了，皺起眉頭，對身邊的人道：「進展太慢了，天黑之前一定要拿下定軍山，傳令下去，所有將士全部給我攻上去，不惜一切代價。」

命令下達後，定軍山下的士兵開始向山上衝去，曹操又從天蕩山、大營中調集所有的兵馬，全部集結在定軍山下，讓山上的士兵先行撲滅一些火勢，然後一起衝上去。

定軍山上，張任看到魏軍衝了上來，大聲喊道：「等敵人靠近，再用滾石、檑木襲擊敵人，這段山路最為險要，陷阱已經被魏軍破壞了，現在只能靠我們自己了。大家聽我號令，我一聲令下，便向下丟檑木和滾石，弓箭手、弩手確保一支箭矢射穿一個敵人，都明白了嗎？」

「明白！」

張任凝視著衝上來的魏軍士兵，叫道：「開始攻擊！」

這段壁壘構築在山坎上，是整個定軍山較為垂直的一段，坡度極為陡峭，張任等人居高臨下，向衝上來的魏軍反擊。

「轟隆隆……」

滾石、檑木不斷向下滾動，砸死砸傷不少魏軍士兵，另外一些士兵則用大弓、連弩進行射擊，第一波衝上來的二三百人魏軍盡皆陣亡。

魏軍的一員偏將見狀，急忙下令停止進攻，然後召集弓箭手，取出透甲錐，朝山上放出箭矢。

兩軍開始對射，魏軍雖然有透甲錐，但畢竟是從下向上射擊，增加不少難度，反倒不如華夏軍的連弩射擊的準確性高，也沒有連弩的射速快，很快便出現了大量的傷亡。

一番對射過後，魏軍的第一波攻擊正式被打退，留下的是一地的屍體。

曹操在半山腰上成立了一個臨時指揮中心，看著張任構築的壁壘環形的包圍著進山的要道，其餘地段都是垂直高度達數十米的岩壁，不禁有些懊惱。

「陛下，讓我去吧，照這樣下去，只怕很難突破敵人的防禦。我帶著虎衛軍的將士從兩邊的險要地段攀岩而上，或許能夠出其不意的攻擊華夏軍。」許褚見狀，自告奮勇道。

「不！你留下還有大用，讓人把孟達叫來！」曹操凝視著山上的張任，不禁想出一個計策。

「遵旨！」

不多時，孟達便跑了過來，抱拳道：「末將孟達，叩見陛下，萬歲萬歲萬萬歲。」

曹操道：「孟將軍，你可知道我軍當中，誰和張任交厚？」

孟達答道：「諫議大夫王累、車騎將軍黃權，都和張任交情頗深。」

「嗯，黃公衡率領七萬大軍在後，一時半會兒來不了這裡，你去將王累叫來，讓他上山去勸降張任，事成之後，朕封他為侯。」曹操道。

「臣遵旨。」

王累在大營裡閒來無事，漫無目的的踱著步子，可是心裡卻擔心著張任。忽然，見孟達來了，便問道：「你來幹什麼？」

「王大人，好歹我們也曾經同殿為臣，你怎麼對我這樣不冷不熱呢？」孟達見王累沒好氣的走進了大帳，便跟了進去，笑呵呵地說道。

「道不同，不相為謀，你走你的陽關道，我過我的獨木橋，老死不相往來。」

王累的心中仍是存在著極大的怒氣，在魏軍兵臨城下之時，成都城內出現了兩派，一個是投降派，一個是抵抗派，很不幸的，王累和孟達不是同一陣營，王累、黃權、張松等人主張死戰不降，孟達以及另外一些官員卻主張投降。

最後，劉璋聽從了投降派的建議，主動開城投降，於是盤踞在巴蜀一帶的漢國，在建國五年之後便滅亡了。不過，成都大平原上的百姓因而免去了戰亂之苦，算是有利也有弊吧。

事後，曹操善待劉璋，封劉璋為蜀王，遷徙到巴郡，又重用黃權、王累、張松等堅持抵抗的一派，黃權被封為車騎將軍，王累為諫議大夫，張松為將作大匠，反而吳懿、費詩、李嚴、孟達等一干主張投降的卻沒有得到高官厚祿，仍舊維持原職，說是等收復秦州、涼州之後再行封賞。

張任帶兵在外，聽聞劉璋不戰而降的消息，加上自己的妻女都慘死在曹操的屠城之下，憤恨之下，便帶著一支軍隊堅持和曹操作戰，在巴郡的閬中公然造反。後來受到夏侯惇、索緒兩路大軍的夾擊，兵敗後帶著殘餘部隊逃逸，輾轉來到漢中郡的成固縣落草為寇。

曹操還特意發布通緝令，全國範圍內搜捕張任等人，之後才有了高飛路過成固縣收服張任一千人等的事情。說到底，倒是曹操給高飛做了嫁衣。

孟達見王累動怒，便道：「此一時，彼一時也。大人剛烈，我孟達也非貪生怕死之輩，只不過當時形勢緊張，不得已而為之，何況投降之後，成都一帶的百姓都省去了戰亂之苦。如今魏軍正在收復失地，華夏軍又是一個十分強有力的對手。當初蜀王不聽法孝直建議，這才有了今天的敗局。但是，要挽回敗局也不是不可以，我這裡有法孝直一封信，大人看後便知。」

王累從孟達的手裡接過那封信，看了以後，不禁皺起了眉頭，原先臉上的怒色早已消失不見，當即道：「這果真是法孝直所書寫的？」

「當然，白紙黑字無法抵賴。其實魏國前來攻打蜀地，戰端一開，孝直便預料到了結局。同時，孝直高瞻遠矚，估算到華夏軍不會錯失良機，肯定會帶兵攻打魏國。到時候曹操老賊自然會回師救援，這才制定出這個復國的計畫，所以聯絡朝中各大臣。

「只是，世事難料，這份計畫被蜀王給否決了，法孝直又觸怒了蜀王被貶謫，以至於這個計畫永久性的被擱淺。不過，現在這個機會來了，華夏軍盡數攻占了涼州和秦州，魏軍在和華夏軍交戰，正是啟動這個計畫的時候。此次十萬大軍，其中三萬是我們蜀中兵將，如果能夠很好的利用起來，復國自然有望。法孝直被貶謫到張任軍中，張任投降了華夏軍，那法孝直定然也會跟著一起投降。我想，漢中的傑作正是法孝直的計策。」孟達娓娓說道。

王累聽後，將信給燒毀，道：「果真如此，那麼一旦復國，我們便可迎回蜀王了……」

孟達聽後，臉色當即變了，問道：「大人對蜀王還抱有信心？蜀王和華夏國的皇帝相比，以大人之見，哪個更具備保護蜀地的實力？」

「當然是華夏國的神州大皇帝陛下，可是，蜀王才是我們的主子，這是綱常倫理，如何能違背？」王累愚忠的說道。

孟達不再吭聲了，只是一陣沉默。

「你來找我，就是為了這件事？」王累問道。

「當然不是，曹操讓你去勸降張任。我覺得這個時候正是機會，你可假意讓張任投降，然後夜晚的時候就營中起事，我再率領舊部與之相呼應，定然可以斬殺曹操老賊！」孟達邪惡地笑了笑。

王累道：「此計甚妙，正合我意。你快帶我去吧。」

於是，孟達便將王累帶到定軍山的半山腰上，然後拜見曹操。

「微臣王累，叩見陛下，萬歲萬歲萬萬歲！」

王累一見到曹操，目光中便充滿了憤怒，他低著頭，心中暗暗地想道：「曹操老賊，你活不久了！」

「免禮。」曹操抬起手，示意王累起身，「王大人，朕得知你和張任交情匪淺，不知道你可願意替朕走一趟，上山勸降張任？事成之後，朕封你為侯，並且會重用張任，封他做大司馬，封萬戶侯。」

王累道：「微臣願意一試，但是張任個性剛強，微臣沒有十足的把握，而且上次陛下在梓潼屠城時，張任的妻女也在其中……」

「嗯，朕知道了，你告訴張任，朕為梓潼的事感到深深的懊悔，只要他肯歸降，朕便賞他美女十名，並且讓他持節。」

曹操對梓潼屠城一事並不後悔，因為如果不是因為那件事，劉璋又怎麼會無條件投降呢。

「臣遵旨，臣這就上山，相信張任還是會給微臣一個薄面的。」

王累於是辭別曹操，領命而去。

王累走後，孟達對曹操道：「陛下，張任性格剛烈異常，絕不會因為王累的一句話而投降的，更何況因為他的妻女的死，對陛下又有深仇大恨，如果王累能夠勸降張任，倒是很值得懷疑，還望陛下早做準備。」

曹操聽完孟達的這一番話後，斜眼看了孟達一下，見孟達的雙眸中充滿貪婪之色，反問道：「孟將軍，你以為朕什麼都不知道嗎？」

「末將不知道陛下所說何事……」孟達急忙低頭道。

「不知道？呵呵，好一個不知道……不過，朕暫時不會動你，只要你真心為朕辦事，除去張任，朕對張任許諾的一切，都會實現到你的身上。蜀中諸將皆對朕頗有微詞，朕正好用你來讓蜀中諸將看看，朕對蜀中諸將一視同仁，絕對不會賞罰不公。」曹操道。

孟達聽後，大致明白了曹操的意思，心中對曹操越來越敬畏，沒想到曹操能夠看穿他的用意。他朝曹操拜了拜，道：「陛下對末將恩重如山，末將必然死力效勞。」

曹操呵呵笑道：「如此最好。」

定軍山上。

張任遠遠地望見王累獨自一人上山來了，急忙讓士兵不要對王累有絲毫敵意，將王累迎入山上。

兩人一見面，顯得甚為親切，多年老友，本來有許多話要說，但是此時此刻，兩人只寒暄了兩句，張任便開門見山的道：「兄親自到來，必然有要事，可是曹操老賊讓兄前來勸降？」

「呵呵，你說得不錯。不過，我來卻是另有要事。我只問你一件事，法孝直可是在華夏軍中？」王累反問道。

「正是，法孝直在皇上身邊為其謀劃。」

「這麼說，孟子度所言非虛了？」

王累當即將孟達所說之事告訴張任，並且請求印證。

張任聽後，點了點頭，說道：「法孝直確實說起過這件事。不過此一時彼一時，即使此項計畫再度開動，蜀王也絕對不能再度為帝，唯有華夏國的大皇帝陛下才能安撫蜀中，使蜀中百姓過上幸福的日子。」

「你變了……」王累聽後，怔了一下道。

「是的，從我的妻女被屠殺的那一刻，我就徹底的變了，再到後來蜀王不戰而降，我就對蜀王恨之入骨了。我在想，我這麼多年來一直忠心耿耿，換來的到底是什麼？當年為了除去趙韙，不惜逼走蜀中名將嚴顏，後來蜀王當權，本以為會帶領我們走上興盛之路，卻不料蜀王只知道享樂……」

「別說了，不管怎麼說，蜀王都是我們的主人，是我們的君，忠臣不事二

主，難道這個道理你不懂嗎？」王累怒道。

「呵呵，現在你跟我說這些？晚了！好一個忠臣不事二主，你現在不也是在曹操帳下嗎？我總比你好吧，至少我沒屈服在仇人的淫威之下！」張任譏諷的說道。

王累無奈地搖搖頭道：「這些事暫且放下，**關鍵是我們都有共同的敵人，那就是曹操**。我剛才說的是一則妙計，你到底做不做？」

「此時我已無路可退，山上糧草有限，曹操必然封鎖了來定軍山的要道，皇上要突破的話，只怕會有難度。現在只能靠我們自己了。」

「好，那我等你的好消息，我先下山去了，省得曹操有所懷疑。」王累道。

「嗯，你去吧。」

於是，張任送王累下山，之後便聚集了楊懷、高沛、劉璝、鄧賢等人商議此事。

「王累和孟達的意思大致就是這些，我覺得這是個很難得的機會。你們有什麼意見？」張任在講完計策後，問向眾人。

劉璝首先道：「將軍，這件事還有待商榷，我以為，孟達、王累都已經投靠了曹操老賊，他們說的事不能全信。」

「我也是這個意思。」楊懷點頭道。

「我們都是這個意見。」高沛、鄧賢齊聲附和道。

「王累是我多年老友，必然不會騙我，何況現在是非常時刻，不入虎穴焉得虎子，我想鋌而走險。我決定由我親自率領半數人馬下山歸降，穩住曹操，就算有什麼意外，你們也好繼續在山上堅守。」張任道。

「將軍，這太過危險。王累自然可信，可是孟達我們都不熟悉，萬一他使詐，我們將死無葬身之地，請將軍三思。」劉璝勸阻道。

「請將軍三思！」楊懷、高沛、鄧賢亦齊聲道。

張任道：「孟子度乃法孝直好友，知道法孝直在華夏軍中，自然不會亂來，我心意已定，由我親自下山，帶兩千兵馬下山假意投降……」

「將軍！萬萬不可啊……如果非要去，我等願意代替將軍……」劉璝道。

「是啊將軍，你是主心骨，好不容易才獲得眾多將士的一致信任，如果有個什麼閃失的話，定軍山必然會失守。既然是去試探，我等去便可以了。」楊懷道。

「將軍！」高沛、鄧賢同聲叫道。

張任想了想，道：「好吧，為了小心起見，分一批人先行下山，劉璝，諸人當中，數你最為機警，你帶二百人下山，曹操的目的在我，即使有詐，我不下山，他也不會為難你。也許他們會將你們控制起來，只要我一個時辰得不到你的答覆，就可以肯定是有奸計了。」

劉璝膽略過人，拍胸脯道：「將軍放心，如果是魏軍奸計，我就算死，也要拉幾個墊背的，尤其要殺了孟達、王累兩個奸賊。」

「嗯，你帶舊部下山，華夏軍的士兵不能出事，否則我就是對不起皇上，對不起大將軍。咱們自己人早已經默契非常，辦事也可以順利一些。」張任道。

「諾！」

商議已定，劉璝便帶著二百名原來蜀漢軍的士兵，直接下了山。

曹操在山腰上，久久等不來張任下山，便對王累道：「為什麼張任還不下山投降？」

「陛下別急，張任向來穩重，必然會思量一番之後才肯下山。」王累回道。

不多時，便見一員將領帶著二百人從山上下來。

「張任果然機警，不過既然朕答應了他，就不會違背誓言。」

曹操見不是張任親自前來，眉頭皺了起來，覺得這張任真是難以對付，喝問道：「張任為何不親自下山？」

「張將軍怕陛下詐他，所以派我等先來探明情況，即使有詐，損失也很小，仍可繼續堅守定軍山與陛下相對抗。」劉璝如實答道。

「張任果然是一員將才，如果不為我所用，必為我所殺。既然他如此小心翼翼，那你們之間必然有什麼聯絡的方式，要怎麼樣做，你們才願意相信朕是真心想招降你們？」曹操問。

曹操見天色已晚，本來預計今天之內拿下定軍山，但是此刻看來，只能等明天了。

「很簡單，當我評估沒有危險時，張將軍自然會悉數帶領兵馬下山投降了。」劉璝狡猾地說道。

「好，我就讓你看看朕的誠意。來人啊，帶這些人下去，好生款待！」曹操下令道。

於是，劉璝等人便被帶了下去，暫時交給王累照料。同時，曹操留下些許兵馬守住下山的要道，自己則帶著軍隊下山回營。

回到營中時，索緒趕了過來，道：「陛下，定軍山有異常。」

曹操道：「有何異常？」

「今日白天從未見華夏軍一兵一卒從這裡通過，按理說，高飛在得到我軍攻打定軍山的消息後，應該迅速派遣軍隊支援，可是卻風平浪靜，有點不太正常。」索緒疑道。

「定軍山只有一條路，就是你守住的那條路，如果沒有華夏軍，就表示華夏軍還未到。你回去緊守營寨，不必太過擔心。」曹操順口道。

索緒無奈，只好退走。

龐統對曹操道：「陛下今日退兵，只為張任一人，實在太過草率。兵貴神速，臣以為，當趁此時再次發兵攻打定軍山，定然能夠取得意想不到的效果。」

曹操笑道：「正合朕意。孟達所獻之策已經失去了原來的用意，不過，朕在等待劉璝向山上回報的訊息，只要消息一到，便是攻擊之時。」

龐統讚道：「陛下英明！」

入夜後，定軍山周圍一片寂靜，華夏軍的壁壘中點燃了火把，將周圍照得通亮，苦苦守了一天的華夏軍，終於可以在這個時候吃上一頓飽飯了。

不多時，劉璝派人回來報信，說魏軍好吃好喝的招待著，並沒有發現什麼異常之處。

張任聽後，這才放鬆了警惕，留下五百士兵堅守崗位，其餘士兵回山寨休息，養精蓄銳，等到明天一早下山假意投降，然後就魏軍的營寨發動突襲，連他自己也鑽進大寨裡去休息了。

深夜寂靜，然而在定軍山的山腰那裡，卻聚集了許多魏軍士兵。

曹操親臨戰場，在得到劉璝派人給山上送信之後，便立刻讓許褚將劉璝等人全部斬殺，連同王累一併除去，省去了一個後患。

此刻，曹操見山頂上燈火通明，守衛的士兵明顯的少了不少，便將許褚、孟達等一干人等全部喚到面前來，吩咐一番後，讓許褚帶著五百虎衛軍悄悄的摸上山去，作為前鋒，讓孟達率領三千將士緊隨其後，讓索倫率領五千將士緊跟在孟達的身後，自己留兩千將士護衛在山腰，以作後援。

命令下達後，許褚、孟達便去準備，曹操將索倫喚到身邊，吩咐道：「你給我盯好孟達，他率領的三千將士全是蜀漢舊部，如果不效死力，或者有輕易言退者，格殺勿論。」

「臣遵旨！」索倫抱拳道。

索倫走後，曹操便對身邊的龐統道：「今夜一戰，要讓張任等人死無葬身之地，**破了定軍山，漢中就是朕的了！**」

「陛下英明，照此速度，七日內必然能夠拿下漢中。」龐統估計道。

「給許褚傳令，開始進攻！」曹操扭臉對身後的一個傳令兵說道。

「諾！」

許褚早早的來到了最前方，帶著五百虎衛軍的將士，靜靜地等候在那裡。

不多時，傳令兵傳來曹操的聖旨，許褚當即抽出古月寶刀，對部下說道：

「散！」

黑暗中，虎衛軍將士迅速分散開來，圍成了一個弧形，拿出勁弩，悄悄地靠近華夏軍所構建的壁壘，瞄準在壁壘那裡放哨的幾十名哨兵，便是一陣急射。

許褚更是身先士卒，巨大的身軀在山中健步如飛，當哨兵被射倒之後，便迅速躍起，雙腳踩著陡峭的岩壁，然後一個空翻，翻越過壁壘，進入壁壘裡面。

許褚一經落地，便看到華夏軍的士兵都和衣而睡，窩在壁壘下面的岩洞裡。他提著刀鑽進岩壁，朝正在熟睡的華夏軍的頭上砍去，絲毫沒有發出一點聲音。

這時，其他的虎衛軍將士陸續攀爬上來，一干人等迅速地鑽進岩洞，在華夏軍士兵還在睡夢中時，將這些人的頭顱給割掉。

突然，「轟隆」一聲，一個虎衛軍將士不小心踩到壁壘上堆著的岩石，岩石滾落到山下，發出一聲巨響，登時驚醒了一些華夏軍將士，他們一睜眼，迎面便是一道冷光，一刀下去，人頭落地，連叫都來不及叫。

這時，岩洞的末尾，一個士兵想要起來小解，睜開眼睛，看到許褚等人正在任意的斬殺自己的兄弟，急忙大聲喊道：「敵襲！敵襲！敵……」

不等他第三聲喊出，許褚隨手抓過一把鋼刀，直接朝那個士兵投了過去，刀尖插入心臟，當場斃命。

可是，那個士兵的一聲喊叫，卻讓其他華夏軍將士因此驚醒，紛紛爬了起來，抽出兵刃，和許褚等魏軍的虎衛軍將士拼殺在一起。

鄧賢從睡夢中驚醒，看到受到敵襲，立即對部下說道：「快去通知張將軍！」說完，提著刀，便帶著餘下的三百多將士和許褚等人戰在一起。

岩洞空間較小，並排只能容下五個人，許褚的身軀碩大，一個人占了兩個人的位置，和另外三名虎衛軍的士兵衝在第一排，奮力向前拼殺，後面爬上來的虎衛軍將士則將那些壁壘全部推倒，扔下繩索，將山下孟達帶領的士兵拉拽上來。

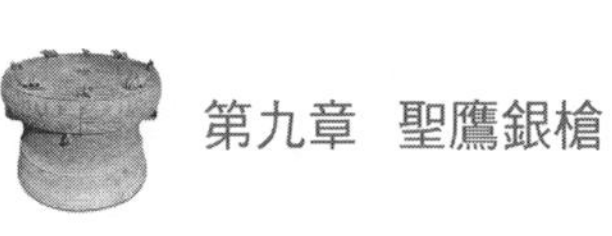

鄧賢看到許褚以一人之力衝在最前面，一刀一個，結果了不少士兵，於是抖擻精神衝到最前面，砍死幾個虎衛軍的將士後，和許褚鬥在一起，結果還沒有三招，便被許褚一刀斜肩砍下，身首異處，當場斃命，鮮血濺了一地。

但是，華夏軍的士兵卻沒有一絲一毫的懼怕，仍是奮力抵抗。

許褚已經成為一個血人，但是他的部下卻沒有那麼幸運，不少人在他的身邊被殺，死了一個，另外一個就衝了上來，填補之前的空缺。

華夏軍逐漸地被逼出了岩洞，後面的士兵一出岩洞，便看見魏軍士兵已經衝上山來，立刻朝四面八方衝過去，迎戰魏軍。

壁壘遇襲的消息一經傳到張任的耳朵裡，猶如一顆炸雷，讓他的腦子轟的一聲像是爆開了一樣，他立刻召集全寨士兵下山與魏軍決戰，務必要搶回壁壘。

張任、楊懷、高沛等人全部下山，但是還沒衝到壁壘，魏軍就殺了上來。

許褚首先衝了上來，朝衝在最前面的張任叫道：「張任！」

「虎癡許褚？」

張任看見許褚猶如血人一樣的衝來，映著微弱的光芒，心中惱羞成怒，一桿長槍直接朝許褚投擲了過去。

「嗖！」黑暗中一點寒光，許褚看到張任奮力的投擲過來一桿長槍，當即舉刀格擋。

「叮！」槍尖直接撞上許褚古月刀的刀面上，發出一聲清脆的響聲，許褚咬緊後槽牙，雙腳在一塊岩石上不斷地滑動，吃力的表情可以清楚地看見。

「這傢伙號稱**川中第一將**，槍祖張任果然名不虛傳，沒想到他力氣居然那麼大……」許褚對張任這奮力一擊的力道感到十分吃驚。

就在這時，張任的銀槍還未落地，一隻大手便從黑暗中抓了過來，直接抓住槍尾，張任也如影隨形的奔至，速度快得驚人。

張任的手一經握住那桿銀槍，當即便舞動出點點梨花，寒光閃閃，每刺出一槍便迅如閃電，尤其是槍頭上那個全金打造的老鷹，在黑夜中成為一道靚麗的奇葩，隨著槍身抖動，伸展翅膀的老鷹張牙舞爪般的向許褚飛去。

「這傢伙……是什麼槍法？」

許褚吃力的格擋著，眼前總是出現那個在銀槍身上裝飾的金鷹，晃得他眼花繚亂，在金鷹的前面，還有點點寒光，更是將他逼得無從還手，好像每一槍使將出來，都有一隻老鷹向他飛來一般。

張任一出手便占了上風，手中那桿聖鷹銀槍更是虎虎生風，逼得許褚只能力擋。

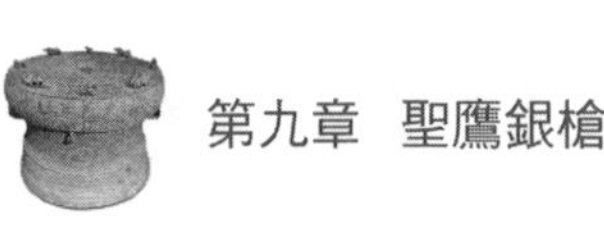

「百鳥朝鳳！」張任趁自己處在上風，當即使出平生絕學百鳥朝鳳槍中最厲害的一招：百鳥朝鳳。

但見無數隻金色的老鷹朝著許褚飛去，映照著微弱的燈光，金色的老鷹旋即折射出許多光芒，遠遠望去，張任身上彷彿籠罩著一團金色的光芒，悍勇非常。

許褚眼花繚亂，一時分不清哪裡是真，哪裡是假，但他生性剛烈，越挫越勇，不退反進，手中古月刀當即揮動，整個人向高空中躍起，無盡的刀氣隨即縱橫周身，夜空中，遮擋住月亮的烏雲也漸漸散開，清冷的月光灑向大地。

在這輪明月下，古月寶刀在月下生輝，許褚整個人朝著張任便是一陣猛砍，大聲吼道：「**天地十八斬！**」

天地十八斬一經使出，但見刀光閃閃，與張任的百鳥朝鳳所折射出的金色光芒互相交融，刀浪凶猛，一刀快過一刀，一刀強過一刀，許褚在空中連續砍出了十八刀，直接迎向張任的百鳥朝鳳。

「錚錚錚錚……」

瞬間天地猶如崩裂開來，金光和白光相互交錯，刀氣縱橫、槍意綿綿，古月刀和聖鷹銀槍相互碰撞後迸發出無數的火花，在黑夜中顯得格外的耀眼，這一刻的碰撞，立刻引來華夏軍和魏軍的無數圍觀。

一度輝煌後，張任、許褚互換位置，張任的聖鷹銀槍倒提在手中，槍身上出現了斑斑劣跡，許褚古月刀的刀刃也出現了許多豁口，不同的是，古月刀的刀尖上沾著一滴鮮紅的血液，血液正沿著刀刃向下流淌，滴到了地上……

一陣寒風吹過，張任的臂膀上感到一陣疼痛，胸中更是氣血翻湧，「哇」的一聲，從口中吐出一灘鮮血，雙手的虎口更是被震出了血，到現在還有些微微的酥麻。

他踉蹌的向前走了幾步，看到許褚除了略顯疲勞外，像沒事人一樣，便擦拭了嘴角的鮮血，笑道：

「虎癡……果然名不虛傳……」

「保護將軍！」楊懷、高沛見到張任受傷了，大叫了出來。

只見一群華夏軍的士兵迅速將許褚圍住，楊懷、高沛開始圍攻許褚，許褚剛才一戰使出了全力，現在又陷入重圍，頗感吃力。

張任也是如此，兩人交換位置，各自讓自己深陷重圍之中，虎衛軍的將士迅速將張任給包圍起來，圍攻張任。

張任一桿大槍不停的抖動，但是氣力已經不如剛才了，手臂上還受了傷，胸

中氣血翻湧，虎癡的天地十八斬對他造成了重創，腿上、手臂上都是刀傷，剛才的那股刀浪太過強烈，在硬碰硬的時候，胸口還被許褚踹了一腳。

霎時間，剛才的靜寂消失不見，又恢復了喧囂，兩軍開始混戰，喊殺聲不止，慘叫聲連連，許褚的後面，孟達率領將士衝了過來，彌補了魏軍的兵力不足，索倫緊隨其後，八千魏軍霎時將三千多華夏軍包圍在一起。

許褚奮力殺出重圍，在虎衛軍的接應下回到了魏軍陣營裡，之後便被帶出了戰場。

楊懷、高沛也迅速將張任給解救出來，兩軍形成了對峙，在這定軍山上進行著殊死抵抗。

戰況十分的激烈，鮮血不斷地噴湧而出，肢體橫飛，兵刃的碰撞聲從未停止過。

索倫見華夏軍抵抗的非常頑強，便分出一撥弓弩手在周邊射擊，華夏軍寡不敵眾，卻死活不退，展現著最後的勇氣。

第十章

吉人天相

高飛問道：「張將軍，可有子龍消息？」

張任垂淚道：「大將軍他……他不幸墜落山崖，至今生死未卜……」

「子龍……希望你吉人自有天相，一定要好好的活著，否則朕將喪失一條臂膀……」高飛仰望夜空，掛念道。

與此同時，高飛帶著一千名飛羽軍艱難的從定軍山的後山爬了上來。

看到山下華夏軍被魏軍圍攻，戰況激烈，而且華夏軍的士兵倒下的越來越多，繼續戰鬥的郤越來越少，高飛大吃一驚，來不及讓士兵休息，當即讓飛羽軍分成三隊，自己親率四百人從中間殺出，另外六百人分成兩撥，每撥各三百人，從左右兩翼殺出。

山寨中只留下幾名軍醫和十幾名護工，見到如同天降的高飛等人，激動地喊道：「援軍來了……援軍來了……」

高飛下令道：「擂響戰鼓！」

「咚咚咚……」

戰鼓一經擂響，立刻引來山下許多人的猜疑。

首先是華夏軍的將士們，他們看到同伴一點點的少去，早已經將自己的生死置之度外了，但是一聽到這種振奮人心的戰鼓，立刻便受到鼓舞，看到山寨中衝下來的三撥士兵，個個虎虎生威，健步如飛，而**正中一人打頭的，更是讓眾多華夏軍的士兵見了都大跌眼鏡，居然是皇上**。

張任看到高飛率領著飛羽軍，像是打了雞血般大喊道：「援軍到了，將敵人全部推到山下去！」

「援軍來了……援軍來了……援軍來了……」

「援軍來了」的喊聲迅速在華夏軍的士兵中傳開，士兵們本來就抱著必死的決心，現在又受到了鼓舞，無不以一當十。

魏軍聽到華夏軍的喊聲，看見山寨中不知道從哪裡衝來許多人，山寨中更是多了許多旌旗，戰鼓擂得更加激烈了。

孟達帶著部下被華夏軍這麼一衝，隊形立刻就垮掉了，三千步軍經過一番激鬥，只剩下二千三百人不到，現在又被華夏軍斬殺了幾百人，心生怯意，當即宣布撤退。

索倫在後壓陣，看到孟達帶著士兵從山上撤退，立即挽弓瞄準孟達，喝道：「後退者死！都給我回去！」

正所謂兵敗如山倒，孟達的撤退命令一經下達，士兵都失去了戰心，哪裡還會再回去！

索倫見孟達的士兵不斷地退下來，當即令道：「陛下有旨，擅自後退者，格殺勿論，放箭！」

弓箭手便朝著撤退的士兵放箭，一時間射死了三百多士兵。

孟達無奈，只好招呼士兵掉頭回殺，但是看到張任、楊懷、高沛等人皆是奮勇異常，在張任等人後面，高飛率領的飛羽軍也已經殺到，所過之處盡皆人頭落地，看得孟達是聞風喪膽。

孟達回頭看看索倫，又看看張任等人，心中尋思一番，立刻叫道：

「格老子的！曹魏的這幫龜兒子不拿我們當人看，逼著我們去送死，殺我們的親人，奪我們的城池，搶我們的金銀，弟兄們都是川中好男兒，豈可任人欺凌？反正前後都是死，不如反了，殺魏軍一個片甲不留！」

剩餘的一千七百多蜀漢舊軍聽後，都對魏軍生出了仇恨，紛紛將魏軍的軍服扯下，在孟達的指揮下，就近殺起了索倫率領的魏軍。

孟達的倒戈，立刻在魏軍中掀起了層層波浪，張任看到孟達反叛魏軍，當即與之合兵一處，一起朝索倫衝了過去。

這時，高飛率領的飛羽軍將士個個如猛虎一般，左手飛刀不斷射出，右手緊握鋼刀，任意收割著敵人的頭顱，鮮血染透了定軍山。

索倫見到華夏軍氣勢如虹，魏軍紛紛向後退卻，知道抵擋不住了，隨即下令撤軍。

北風吹，戰鼓擂，華夏天軍顯神威；飛羽軍，猛如虎，血染疆場不留生。

兵敗如山倒，魏軍被華夏軍一口氣殺到壁壘那裡，正遇到從山下帶著兩千士兵的曹操。

「怎麼回事？」曹操見索倫敗下陣來，起初的大好形勢突然瞬間起了巨大變化，趕忙追問道。

龐統也不知道發生了什麼事，但是魏軍敗退的腳步實在太快，魏軍的身後更是被高飛、張任等人緊緊咬住。

飛羽軍健步如飛，飛刀出手例不虛發，在連續的跳躍中還不忘記端著連弩進行射擊，箭法精準，令人咋舌。

「陛下……華夏軍……不知道從哪裡來了援軍，厲害非常，孟達又臨陣倒戈，我軍死傷慘重，末將抵擋不住，只好退下山來……」索倫奔到曹操面前，跪拜道。

曹操急忙抬頭看去，但見山上一人跳了下來，映著壁壘上的微弱燈光，那張臉他再熟悉不過了，心中吃驚不已，驚呼道：「高飛怎麼會在這裡？索緒是幹什麼吃的？」

龐統見華夏軍氣勢如虹，當即對曹操道：「陛下，請速避鋒芒！」

許褚身體虛弱，被虎衛軍的士兵帶走了，這會兒還有些許虎衛軍的將士在，但是面對氣勢如虹的華夏軍以及混亂不堪的魏軍，曹操能指揮的只有身邊視線範圍內的士兵，夜間視線本來就很差，現在處在敗績，曹操知道硬拼不行，當即宣告撤兵。

魏軍撤退，華夏軍在後面追擊，一路追擊到山腳下才停止，之後返回到山腰的壁壘上，重新構建防禦工事，清掃戰場。

山寨中，高飛端坐在那裡，張任、楊懷、高沛、孟達四將參拜道：「臣等叩見陛下！」

「免禮！諸位將軍請坐，辛苦你們了。」高飛將張任、楊懷、高沛、孟達給一一扶起，問道：「劉璝、鄧賢兩位將軍呢？」

張任臉上顯出一絲哀愁，說道：「二人已經壯烈殉國……」

高飛看到張任滿身是傷，便走到張任身邊，緊緊地握住張任的手，說道：「張將軍，定軍山幸虧有你在，不然的話，漢中休矣！」

「為陛下盡忠，臣雖死無憾！」張任說道。

高飛十分感動，環視楊懷、高沛也都是傷，但是孟達卻從未見過，便道：「這位是？」

「末將孟達，字子度，叩見皇上！吾皇萬歲萬歲萬萬歲！」孟達自報家門。

「孟子度，不錯不錯，今日若不是你臨陣倒戈，我軍也不會一鼓作氣的將魏軍趕下山，朕先謝謝你了。」

高飛說完，面色隨即陰沉下來，問道：「張將軍，可有子龍消息？」

張任垂淚道：「大將軍他……他不幸墜落山崖，至今生死未卜……」

「子龍……希望你吉人自有天相，一定要好好的活著，否則朕將喪失一條臂膀……」高飛仰望夜空，掛念道。

定軍山下。

曹操敗軍回營，對於突如其來的華夏軍感到一陣莫名其妙，不知道高飛等人是如何抵達定軍山的。

收拾殘兵，曹操一回到大帳，便狠狠地將頭盔摔在地上，氣急敗壞地道：「眼看著就要拿下定軍山了，現在倒好，一切都功敗垂成了，死傷了那麼多人，結果什麼都沒有撈到，再想攻擊定軍山可就難上加難了。」

龐統道：「陛下，定軍山雖然險要異常，臣以為，既然我軍已經奪取了通往漢中的要道，就可以在這上面動點腦筋，陛下可以佯裝捨棄定軍山，然後長驅直入，直接抵達漢中城下。另外，再派一員大將重兵防守定軍山，死死的將高飛等人圍在山上，高飛若知我軍去攻打漢中了，必然會急於求戰。讓守將放過高飛，然後陛下折道返回，我軍前後夾擊，定然能夠置高飛於死地。只要高飛一死，漢中郡指日可定。」

「軍師妙計……」曹操喜道。

「陛下，前方十里處發現大批華夏軍，大約一萬人左右，領兵者乃華夏國情報部尚書卞喜，更兼法正為謀，沿途設下關卡，堵住了通往漢中的要道。」

索緒聽聞今日攻山失敗，高飛等人如同天降，便立刻趕了回來，一進大帳，便將所獲軍情稟告給曹操。

曹操聽後，笑道：「來得正好，這下朕要將這些人一網打盡，全部困在定軍山上。索緒！」

「臣在。」

「你即刻率領本部人馬，撤去關卡，拔營起寨，去攻打卞喜，然後放出消息，就說高飛、張任等人全部在定軍山陣亡了，我軍已經占領定軍山，讓他們投降。朕料卞喜和眾多華夏軍將士必然會為高飛報仇，法正絕對制止不住，只要卞喜帶軍殺出，你佯裝敗陣，退回這裡，然後放卞喜等人上定軍山。夜色難辨，高飛等人必然以為是我軍又來攻打定軍山，先讓他們自相殘殺，我軍徹底將他們包圍在定軍山上。等明日一早，援軍抵達後，再用軍師計策。」曹操興奮地說道。

「臣遵旨！」索緒聽後，覺得此計甚妙，當即離去。

益州，陰平古道。

「這就是陰平古道嗎？」司馬懿指著前方狹窄而又崎嶇的一條小道，問道。

張繡點點頭，道：「回監軍話，這裡就是陰平古道，從此處翻越摩天嶺，經唐家河、陰平山、馬轉關、靖軍山，便可抵達江油關，全長七百里，直插蜀地腹心地帶，繞到了劍閣關的後面，再向西南前進，便可抵達蜀郡的成都城。」

司馬懿聽後，思索了一下，道：「七百里險要山路，即使日夜兼程也需要半個月吧，加上現在天氣嚴寒，只怕需要耗費二十多天的時間……」

張繡聽司馬懿的話像是有些後悔，力勸道：「監軍，箭在弦上不得不發，如果再折道返回，只會遷延時日。我願意為前部先鋒，當先開道，遇山開路，遇河架橋，我的部下在武都一帶的大山中生活習慣了，可以完全適應這裡的地形。監軍只需帶著四萬西北軍緊隨其後便可。如果不走這條路，從正面攻擊蜀中的話，我們所面對的是雄才大略的曹操，只怕很難突破關山的阻礙。」

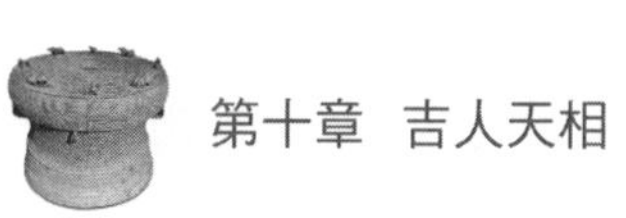

司馬懿道：「那就依你之見，你率領本部人馬為先鋒，我率領四萬大軍隨後，抵達江油城後，咱們再謀劃何去何從，爭取在二十天內，渡過這段險要的地段。」

「諾！」

陰平古道自古以來就是險要崎嶇之路，歷代除了當地農民行走之外，就只有必要的戰爭需要才用此道。

司馬懿和張繡計議一番後，決定行走此道，當即五萬兵馬分成兩撥，張繡率領自己本部一萬當先開道，司馬懿率軍四萬緊隨其後，五萬大軍在這狹窄的道路上開始行走著，為了勝利，鋌而走險。

索緒回到軍營，當即讓索隆、索羅二兄弟盡數撤去營寨，讓索羅帶著糧草上天蕩山，分出兩千人駐守，索緒則帶著索隆星夜向前奔馳。

十里開外的要道上，卞喜已經立下了營寨，派出去的斥候許久都沒有回來，按照預計，應該是遭遇不測了。他心裡十分擔心在定軍山上的高飛等人，焦急地在營帳中踱著步子。

法正坐在那裡，見到卞喜走來走去的，晃得他的眼睛都花了，當即說道：

「卞大人，你能不能安靜得坐一會兒？」

「皇上身處險境之中，援軍又遲遲不到，又不讓我軍殺過去，萬一皇上出什麼事，你讓我怎麼向整個華夏國的文武百官和成千上萬的百姓交代？」卞喜憂心道。

「卞大人，你以為這樣就能救出皇上了嗎？皇上這樣安排，自然有皇上的意思，我想大概是怕魏軍捨棄了定軍山，直接從此道攻打漢中，讓我們留在這裡，是讓我軍阻止魏軍前進的。」法正分析道。

「大人！前方發現大批魏軍，正朝這裡快速駛來。」一個斥候進來稟告道。

「來了多少人馬？」

「大約五千餘人，打的是魏軍大將軍索緒的旗號。」

「來得正好，傳令下去，點起火把，安排夜戰！」卞喜道。

法正插話道：「卞大人，索緒來得如此突然，其中必然有詐，應該早做防範才是，我以為，堅守不戰乃是上策。」

「上策個鳥蛋！好不容易逮住了個機會，正是消滅索緒的時候。」卞喜不聽法正的話，本來心中就很著急，現在聽到讓他堅守不戰，當下惱羞成怒。

話音一落，卞喜便隨即走出大帳，吩咐道：「弓弩手藏在左邊山坡上，聽我號令，其餘人都跟我出寨迎戰，專侯敵軍。」

法正聽後，無奈地搖搖頭，他現在還沒有什麼官職，高飛並未正式給他什麼職位，只是讓他參聞軍事，他勸不住卞喜，也只能跟著出去了。

不多時，華夏軍便布置好一切，卞喜騎在馬背上，靜靜地等候在那裡，聽到山道上傳來陣陣的馬蹄聲，便抖擻了一下精神。

又等了一會兒，索緒帶著兵馬到來，與卞喜遙遙相望，見到華夏軍的營寨門口布置得十分有規律，讓他對華夏軍刮目相看。

「前面的可是卞喜？」索緒勒住馬匹，當先喊道。

「正是我，你可是索緒？」卞喜不否認。

「不錯！我奉命前來招降你，陛下感念其恩，國舅如果願意棄暗投明，過往之事，陛下一律不究，何況你們的皇帝已經戰死在定軍山上了，你也沒必要效忠了……」

「什麼？」卞喜聽到索緒的話驚訝不已，喝道：「你剛才說什麼？」

「兩個時辰前，我軍對定軍山發起了總攻，六萬大軍圍住定軍山，激戰了足足一個半時辰，終於將定軍山上的敵軍全部廓清，你們的皇帝陛下已經在定軍山上戰死了。」索緒道。

此話一出，眾人都為之一震，所有華夏軍將士的心裡皆是一陣傷感，不敢相信這是真的。

「你胡說八道，皇上不可能死的，皇上是紫微帝星轉世，不可能輕易就這樣死去的……」卞喜歇斯底里的喊著。

「皇上……」卞喜的背後，眾多華夏軍的將士齊聲哀號。

法正見狀，急忙來到卞喜的身邊道：「卞大人，這是敵軍的**攻心之計**，皇上必然沒死，不要輕易上當，應該速速退到營寨當中，堅守不戰，以免……」

「滾開！」卞喜衝法正怒吼一聲。

法正還想再勸，但是卞喜已經失去理智，口中怒道：「衝過去，去定軍山營救皇上！」

一聲令下，全軍為之振奮，每個華夏軍士兵的肚子裡都窩著一股火，騎兵、步兵一起跟著卞喜衝了出去。

索緒見卞喜上鉤了，忙下令撤退，喊道：「華夏軍勢大，當暫避鋒芒……」

卞喜率領士兵全部衝了出去，營寨中的士兵一個不留。法正見偌大的一個營寨只剩下他一個人，意識到事情的嚴重性，立刻策馬向沔陽縣城趕去，通知沔陽縣城的一千駐軍過來駐守。

卞喜窮追不捨，索緒的五千兵馬越走越少，最後只剩下五百多騎緊緊跟隨著，一路朝定軍山方向逃去。

到了定軍山下，索緒當即帶人下馬，迅速朝定軍山上跑去，很快便消失在了黑暗中。

卞喜帶人緊追，見索緒的人一點一點的少了，以為是害怕他們紛紛逃散了，便沒多心，直接朝定軍山上奔馳而去。

定軍山白天剛剛被火燒了一場，大火雖然多數被撲滅了，但是還有點點的餘火，卞喜見半山腰那裡微弱的燈光下插著一面曹操的大纛，想都沒想，直接帶人上了定軍山，朝大纛那裡撲了過去。

定軍山上。

高飛等人堅守在半山腰上面不遠的壁壘那裡，忽然聽見山下傳來陣陣喊殺聲，當即讓所有人積極備戰。

半山腰那裡曹操的大纛下面，索緒帶著五六百人拔走大纛，然後撲滅了火光，接著便又消失在黑暗當中。

高飛見到後，覺得這次魏軍趁著夜色攻打定軍山甚是詭異，不知道曹操又要耍什麼陰謀，不敢掉以輕心，吩咐所有士兵堅守，弓箭手、連弩手隨時準備好射擊。

卞喜帶人登上了山，看到在定軍山的險要地帶矗立著一面華夏軍的大旗，當即歡喜起來，對部下說道：「皇上健在，大家上山和皇上會合！」

一聲令下，眾多士兵盡皆士氣高漲，紛紛朝山上爬了過去。

高飛透過縫隙，看到黑暗中駛出一撥人，當即心中一驚，急忙喊道：「放箭！」

一聲令下，萬箭齊發，直接射倒一排衝在最前面的士兵。

卞喜吃了一驚，急忙叫道：「趴下，都趴下！狗日的魏軍，居然敢假扮華夏軍陰我們？散開，朝著那座壁壘給我猛烈的射擊！」

一時間，兩邊的華夏軍開始對射，黑雲遮月，燈火微弱，北風吹滅了許多火光，只聽見不斷有人喪命的慘叫聲以及箭矢的破空之聲，卻聽不到人聲。

忽然，山下一波魏軍殺了上來，從卞喜所帶的軍隊背後偷襲過來，山下喊殺聲大起，華夏軍接連損兵。

卞喜從未真正指揮過戰鬥，作為一名斥候，他是出色的，可是作為一名指揮戰鬥的將軍，他極為的失敗，山下一亂，卞喜便不知所措了，雖然清楚中了魏軍奸計，但是山上還有攔路虎，讓他一時間無法做出正確的判斷。

「大人，魏軍主力在山下，不在山上，我們被包圍了……」一個校尉急忙跑了過來，稟告道。

卞喜道：「媽的，拼了，吹響號角，搶奪定軍山，然後再與山下的人決一死戰。」

「諾！」

於是，卞喜帶領的一撥人立刻吹響號角，號角聲一起，所有的華夏軍士兵全部朝山上衝去。

窩在壁壘裡面的高飛一聽到自家的衝鋒號吹響了，立刻意識到自己上當了，當即吹了一個響亮的哨音。

哨音一經傳到卞喜的耳朵裡，卞喜立刻懊悔不已，當即回應了一個響哨。

壁壘中的高飛聽後，立刻下令道：「是自己人，我們中了曹操的奸計了。」

高飛和卞喜所用的哨音十分獨特，是當年組建飛羽軍時專用的，只有飛羽軍的人才聽得出來。高飛在聽到衝鋒號響起之後，便意識到有些不對勁，這才用哨音試探。

得到確定後，高飛急忙讓人吹響衝鋒號，帶著人便下山去了。

那邊卞喜以及所有的士兵都知道山上是自己人後，也是一陣懊悔，當即轉過身子，全力對付山下的魏軍。於是，兩軍合兵一處，向山下殺去。

但是魏軍只是佯攻，掠奪停在山下的馬匹之後便撤退了，並且在山腳下三百米遠的地方設下防禦工事，以防止華夏軍從山上衝下來。

知道中計後，高飛索性將所有人拉上山，然後聚集在營寨裡，點齊兵將後，才知道剛才的那一戰，雙方誤傷了九百多人。

「皇上，你責罰我吧，我沒有聽皇上的命令，以致於中了魏軍的奸計，弄得損兵折將，我……我對不起那些死去的兄弟……」卞喜跪道。

「對不起有什麼用？對不起死去的人就能復生了嗎？我走的時候明明讓法正留在你身邊，讓法正傳話給你，不見我親自抵達，不得私自動兵。你……哎！法孝直呢？」高飛氣急敗壞地說道。

「不知道，好像沒跟來……」

「此時曹操一定是帶兵占領了你的空寨，必然率領大軍連夜趕往沔陽去了，沔陽城小，兵力不多，若沔陽城一被攻下，徐晃的大軍還沒有抵達南鄭，那漢中就岌岌可危了，順著這條道，魏軍便可以長驅直入……」

高飛不敢再想，**一步錯，步步錯，只怕漢中的這場保衛戰將會以曹操勝利而告終。**

「皇上，那我們殺下山去，襲擊魏軍背後！」張任建言道。

「曹操敢這樣做，就一定會在山下留有重兵，只怕很難突破。眼下山上糧草只夠維持七日，現在又來了近一萬的軍隊，勉強可以維持一日半，今夜大家都累了，魏軍見好就收，必然不會再來襲擾，你們全都休息去吧，容我好好的想想，該如何應對接下來發生的事情。」

於是，眾人紛紛下去休息，卞喜卻懊惱不已，雖然高飛沒有責怪他，但是他心裡卻是深深的自責。

定軍山下，魏軍大營。

曹操留下龐統圍困定軍山，龐統親率大軍構築壁壘，挖掘陷坑，將下山的道路堵得死死的，兩邊都安排了不少弓弩手，中央是盾牌兵，日夜守候。

曹操則率領一支輕騎，直接前往沔陽，沿途路過卞喜所留下的空寨，便暫時在寨子裡休息一夜。

第二天早上，曹操剛剛睡醒，便見許褚興奮地走了進來，稟告道：「陛下，我軍在營寨中發現了一大批華夏軍留下的武器，可謂是一個大寶藏。」

許褚帶著曹操來到後營，一些士兵正在搗鼓一些東西，其中有連弩、炸藥包、床弩、箭矢等物。

「哦？快帶朕去看看。」

曹操從地上撿起一個連弩，然後扣動了一下扳機，見十支弩箭一起射了出去，嘆道：「怪不得華夏軍的箭陣如此強大，往往總是在近距離壓制住我軍，原來有這種武器……」

「陛下，這是連弩的一種，這裡還有一種單發的，但是可以連續射擊。」說著，許褚便將連弩獻給曹操。

曹操試用了一下，哈哈笑道：「這次確實收穫不小。」

他的目光注意到了炸藥包上，說道：「這個應該就是華夏軍能夠在短時間連續攻克秦州和涼州的秘密武器吧？」

許褚看到此物，當即道：「當年傷我的就是這個……」

「曹洪也是死在和這個差不多的東西的手上……」曹操環視一圈，見炸藥包並不多，便道：「只有這些嗎？」

「只有這麼多了，另外還繳獲了不少糧草，足夠三萬人吃一個月的。」許褚道。

「很好，全部帶走，現在就去沔陽，先攻下沔陽，再兵臨漢中城下，用這玩意炸開漢中的城門。另外，分一點給軍師，讓軍師用在高飛的身上。」

「諾！」

隨後，曹操帶著許褚等三千騎兵便迅速地朝著沔陽城進發，留下的幾十個人，則帶著炸藥包和部分連弩、箭矢，將之運到定軍山上。之後，索羅帶人來接管了這座營寨。

辰時，魏國四萬大軍在車騎將軍黃權的帶領下，抵達定軍山下的魏軍大營，和龐統、索緒合兵一處，將定軍山團團圍住。

魏軍大營裡，龐統奉命總領大軍，得到四萬援軍的到來，將定軍山圍得更緊了。

他坐在大帳中，下令道：「索大將軍，你即刻率領一萬軍隊支援陛下，李嚴、吳懿留在此地聽候調遣。」

「諾！」

定軍山上，高飛用望遠鏡看到魏軍援軍抵達，將定軍山團團圍住，嘆了口氣道：「吩咐下去，飛羽軍的士兵到後山去打獵，儘量多打一些回來，其餘士兵原地待命。」

張任道：「皇上，不如衝下山去，然後搶奪魏軍的糧草以供我軍食用。」

「不，還不到那種時候，先照我說的去做。山下被圍的裡三層，外三層的，何況魏軍肯定繳獲了我軍留在營中的武器彈藥，現在衝下去，只能是死。一切都等到天黑以後吧，你去組織一些敢死之士，不要太多，五百人足矣，晚上我有妙用。」

張任道：「臣遵旨！」

大山深處，一處不知名的山谷中。

趙雲緩緩地睜開了雙眼，看到周圍的環境後，便想起身，可是剛一動作，便覺得胸廓傳來陣陣疼痛，不由得「啊」的叫了一聲。

叫聲剛落，便從外面走進來一個壯漢，披著狼皮大衣，濃眉大眼的，見到趙雲醒來，便笑著說道：「謝天謝地，你終於醒來了！」

趙雲看了一眼這個壯漢，像是個獵戶，在他的印象中，他夜間交戰，不小心跌落萬丈深淵，之後的事便什麼都不記得了。此刻見到這個壯漢，便問道：「是

你救了我嗎？」

壯漢擺擺手道：「不是，是你救了我。恩公在上，請受在下一拜！」

趙雲聽了一頭霧水，問道：「我救了你？這怎麼可能？」

壯漢道：「恩公，那日我率眾進山圍獵，中途和部下失散了，遇到一頭猛虎，我不能力敵，猛虎正欲發威之際，忽然恩公從天而降，直接將猛虎砸死，救了我一命。也正是有猛虎墊身，恩公才無大礙。隔天有魏軍深入山谷中，尋找恩公下落，我見他們凶神惡煞的，想必是恩公仇人，所以將他們殺了。」

趙雲當胸肋骨斷了一根，回想起墜落山崖之時，似乎是被峭壁上的樹木掛住了，減少了他下墜的力量，否則的話，以他不斷下墜的速度，饒是有猛虎墊身，也必然會摔得粉身碎骨。

他望了眼壯漢，問道：「這裡是什麼地方？你又是何人？」

「我叫楊騰，是居住在武都郡的氐人，這裡叫西狼谷。」壯漢答道。

「氐人？」趙雲從未聽過這支民族，狐疑地道。

「我看恩公這身行頭，應該是一名將軍吧？」楊騰反問道。

趙雲道：「在下趙雲……」

「趙雲？可是華夏國五虎大將軍之首的虎威大將軍趙雲趙子龍？」楊騰驚詫

地道。

趙雲道：「沒想到深山幽谷中也聽過在下的名字。」

「哈哈哈……那實在是太好了，近聞華夏軍和魏軍正在交戰，我氐人也受到魏國壓迫許久，今日又幸會趙大將軍，看來我氐人的出頭之日不遠矣……」楊騰開心地說道。

趙雲越聽越糊塗，問道：「楊壯士和魏國也有仇恨？」

「此事說來話長，我就長話短說。我氐人本是世居隴右的一支游牧民族，自中原有黃巾之後，羌人便屢次威逼我氐人，搶奪糧食，殺我族人，我曾經率眾抵抗，但是卻被羌人打敗，之後便臣服於羌人，每年納貢。直到五年前，魏國在關中取秦國而代之，和羌人又穿一條褲子，羌王徹里吉出兵討平諸羌，統一羌族各部族，後來嫌棄我氐人礙事，便奪我氐人土地，將我們驅趕出舊地，羌人強大，我氐人無法應對，迫於無奈，只好遷徙到此。歸根到底，還是魏國在背後搗鬼，所以我氐人和魏國人誓不兩立。」

聽完楊騰的敘述之後，趙雲眼裡露出一絲希冀，道：「果真如此，那真是太好了。魏軍和我華夏軍正在定軍山一帶決戰，如果能夠得到你們的相助，從背後殺魏軍一個措手不及，必然能夠擊退魏軍，之後乘勢而進，將魏軍徹底討滅。」

楊騰聽後，也是一陣熱血澎湃，道：「既然恩公有此意，我楊騰自當樂意效勞。我這一支氐人大約有六萬人，其中能征慣戰者三千人，飛簷走壁、攀山越岩盡皆如履平地，號曰飛軍。我是恩公所救，一切盡皆聽從恩公吩咐，只要恩公對魏軍發起進攻，我楊騰願意率領三千飛軍助恩公一臂之力。」

趙雲聽後，當即笑道：「很好，真是太好了，有楊兄弟助陣，此戰必然能將曹操老賊的氣焰給壓下去，順便我也報這墜崖之仇。」

「恩公，你傷勢未癒，還應該再休息幾天，我……」

「不了，我從那麼高的懸崖上墜落下來都沒有事，說明我福大命大，斷了根肋骨，這算什麼，等回到華夏國，我讓張神醫、華神醫再給我治理一下，應該無甚大礙。」說著，趙雲便下了床。

「那好，恩公既然已經做出決定，那我現在便去召集族人。恩公在此稍歇！」說著，楊騰便出了門。

與此同時的另外一路華夏國的大軍，正在緊鑼密鼓的從荊州浩浩蕩蕩的殺向了川中。

虎衛大將軍甘寧、右將軍陳到率領三萬水軍沿江而上，所過之處聞風而降，很快便抵達了巴郡的江州城。

左驃騎將軍張郃、軍師中郎將諸葛亮則率領兩萬大軍從陸路進發，一路上雖然有關山阻隔，但是只要華夏軍一到，這些剛剛歸附魏國的蜀漢舊軍紛紛開城投降，幾乎在同一時間，和甘寧、陳到同時抵達巴郡的江州城。

江州城裡，華夏軍的五萬大軍歡聚一堂，沿途所過之處收服降軍大約一萬人，所有降軍皆官居原職，仍在當地駐守，不同的是，魏軍的大旗換成了華夏軍的大旗。

江州城的太守府裡，甘寧龍驤虎步的走了出來，仰望天空，轉身對坐在大廳裡的眾將說道：

「如今我軍已經占領了巴郡，按照皇上的意圖，當直取成都，但是我軍只有五萬，聽聞曹操在成都留下了五萬精兵鎮守，而且還有蜀漢的降兵三萬，這就是八萬大軍，如何對付這八萬大軍，還請各抒己見。」

張郃首先發話道：「不如繼續分兵兩路，我走陸路，先取廣漢，吸引敵軍兵力，大將軍率領大軍繼續從水路走，沿途可以多收降一些軍隊，虛張聲勢，溯江而上，然後抵達成都之時，便是合擊敵軍之日。」

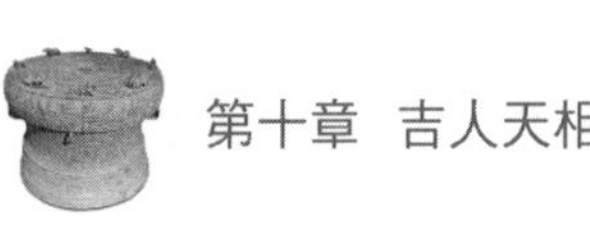

「蜀漢舊臣大部分都是被迫投降魏軍，魏軍在蜀地的根基不深，一路上蜀漢舊軍都聞風喪膽，對我軍實在有太多的好處，我贊同張將軍的意見。」陳到也表態道。

甘寧見被皇上親自委派為軍師中郎將的諸葛亮一直沒有發話，便問道：「諸葛軍師，你是皇上欽點的軍師，我想聽聽你的意見……」

諸葛亮這才緩緩地說道：「兵法云，攻城為下，攻心為上，皇上讓我們在這個時候進攻蜀地，就是趁著魏軍在蜀地根基不穩之時好將魏軍連根拔起，不過，我認為不應該操之過急，如今大軍已經抵達了巴郡，離成都就不算太遠了，可以暫時休整一番，招攬蜀地人才，為我軍所用，然後以蜀漢舊臣為先驅，帶領我軍去攻取成都，這樣就是一勞永逸。」

「話雖不錯，可是這樣下去，遷延時日，只怕無法策應皇上在漢中與魏軍的戰役……」張郃道。

諸葛亮反駁道：「皇上根本不需要策應，以皇上的雄才大略，必然能夠打勝這一仗，將曹操消滅在漢中。諸位將軍請想想，如果我軍急於攻占成都，必然會在蜀地跟魏軍交戰，到時候號稱天府之國的蜀地必然會成為一片廢墟，將會給當地百姓帶來極大的災難。

「我以為，當步步為營，一方面虛張聲勢，給魏軍施加壓力，另外一方面以戰養戰，將新占領的地方徹底改成為對華夏國具有高忠誠度的地方，即使我軍不派人駐守，當地人也不會反叛我軍。我想，這才是陛下派遣我們進攻蜀地的最主要原因。」

甘寧皺起眉頭，問道：「如果按照軍師的辦法，只怕要用兩到三年才能抵達成都，那這樣是不是太慢了？」

「不！半年足矣。**攻心之計，攻的是蜀漢舊臣和蜀地百姓的心**，我軍每隔五天攻一座城，與當地約法三章，不能對當地百姓造成任何的騷擾，這樣一來，不用我們自吹自擂，蜀地百姓就會聞風而降，不再進行任何抵抗。同時，遠在成都的大批蜀漢舊臣和舊軍聽聞之後，也必然會反抗魏軍。等到蜀漢大軍公然反抗魏軍之時，便是我軍完全占領蜀地之日。這樣一來，我軍就不用耗費一兵一卒了。」諸葛亮道。

「妙計！軍師所說，真是一個妙計也。」甘寧聽後，哈哈笑道：「那就按照軍師的意見辦，我軍採取步步為營，攻心為上的計策。可是，眼下在巴郡，當如何處之？」

「巴郡太守棄城而逃，巴郡所缺少的，只是一個合適的太守而已，我舉薦一人，必然可以將巴郡治理得井井有條。」諸葛亮說道。

「何人？」甘寧問道。

「蔣琬蔣公琰。」諸葛亮推薦道。

「此人何在？」甘寧問道。

諸葛亮道：「自荊漢滅亡之後，蔣琬便歸附了我軍，一直未引起重視，現為軍中主簿。」

甘寧道：「既然是軍師鼎力推薦，那自然是個有才之人，就讓他做巴郡太守。軍師，至於如何攻心，還需要你在旁指點才行啊。」

「這個請大將軍放心，我自當盡全力。」諸葛亮抱拳說道。

荊州，襄陽。

「太尉大人，吳國又派人來催了，問我們何時進行交接……」一個親兵進了太守府，先是朝著荀攸拜了一拜，緊接著說道。

荀攸坐在大廳裡，稍微沉思片刻，當即寫了一封信，然後讓來人轉交給使者，讓吳使帶回。之後，便讓人去請虎牙大將軍張遼以及虎烈大將軍黃忠。

不多時，黃忠、張遼盡皆抵達了大廳，見到荀攸後，都客氣地抱拳道：「太尉大人，可有什麼要事嗎？」

荀攸道：「兩位大將軍請坐。」

黃忠、張遼坐下後，便聽荀攸說道：「吳國又派來了使者，催著我們交接桂陽和零陵兩郡之地，可是皇上有言在先，需要在陽春三月才能交割，現在吳軍已經在大肆調遣兵力了，並且揚言如果不交割，就強取桂陽和零陵，我想請問兩位大將軍，現在是交割呢，還是不交割呢？」

黃忠首先說道：「不交割，明明約定了時間，吳國憑什麼要讓我們提前交割？」

「黃將軍說得很對，吳國一再咄咄逼人，皇上已經做出了讓步，不能再讓他們得寸進尺了。太尉大人，我願意率領一支軍隊去和吳國對峙。」張遼說道。

「眼下皇上正在和魏軍決戰，無暇東顧，皇上既然將荊州之事委託給我們，我們就要做好。吳國皇帝孫策已經回到了建鄴，只留下周瑜處理此事，但是不管周瑜如何的咄咄逼人，我們都不能和吳國發生任何摩擦。張將軍，你文武雙全，處事冷靜，由你去荊南處理此事，我很放心，你這就起身去荊南，妥善處理此事，並且告知周瑜，如果他敢亂來，華夏軍不惜兩線作戰，也要奉陪到底。」荀攸道。

「好的，太尉大人，那我這就動身，由黃將軍鎮守襄陽足矣。」張遼道。

黃忠道：「文遠，一切小心，周瑜那傢伙狡猾得很。」

「嗯，知道了，那我這就走了，兩位大人多多保重。」說著，張遼便離開了大廳。

荀攸看著張遼離去，便對黃忠道：「大將軍，你可迅速出兵，在江夏城外排兵佈陣，以分散吳軍的注意力。」

「嗯，我走之後，歸義將軍嚴顏可擔當起守護襄陽的重任，還請太尉大人量才而用。」黃忠抱拳道。

「一定，大將軍儘管放心。」

請續看《三國疑雲》第十四卷 三英爭功

三國疑雲 卷13 故布疑陣

作者：水的龍翔
發行人：陳曉林
出版所：風雲時代出版股份有限公司
地址：10576台北市民生東路五段178號7樓之3
電話：(02) 2756-0949
傳真：(02) 2765-3799
執行主編：朱墨菲
美術設計：吳宗潔
行銷企劃：林安莉
業務總監：張瑋鳳

初版日期：2022年9月
版權授權：蔡雷平
ISBN：978-626-7153-07-9

風雲書網：http://www.eastbooks.com.tw
官方部落格：http://eastbooks.pixnet.net/blog
Facebook：http://www.facebook.com/h7560949
E-mail：h7560949@ms15.hinet.net
劃撥帳號：12043291
戶名：風雲時代出版股份有限公司

風雲發行所：33373桃園市龜山區公西村2鄰復興街304巷96號
電話：(03) 318-1378
傳真：(03) 318-1378
法律顧問：永然法律事務所 李永然律師
北辰著作權事務所 蕭雄淋律師

行政院新聞局局版台業字第3595號 營利事業統一編號22759935

定價：290元

國家圖書館出版品預行編目資料

三國疑雲 / 水的龍翔著. -- 初版. -- 臺北市：風雲時代出版股份有限公司, 2022.03- 冊； 公分

ISBN 978-626-7153-07-9（第13冊：平裝）--

857.7 110019815